谷戸の風

かまくら

Shizuo Yamanouchi
山内静夫

冬花社

かまくら 谷戸の風

目次

版画——藤本　宿
装丁——小沼宏之［Gibbon］

平成二十五（二〇一三）年

ふた昔

「谷戸の風」が、初めて鎌倉ケーブルテレビの番組ガイド誌にのったのは、平成五（一九九三）年一月。思えば丁度二十年前のことだ。丸二十年ぶりに「谷戸の風」を「鎌倉朝日」に書かせて頂くことになった。全くの偶然で、二十年と計った訳ではない。去年、生まれて初めて百日を越す入院生活を送り、大袈裟に言えば人生再出発のつもりで平成二十五（二〇一三）年を迎えた時、勧めてくれる人があって、機会を得た。

原稿紙に向かってみて、記憶力の低下に驚いた。日常使っている用語の字がパッと出てこない。その度に辞書のご厄介になる始末。年月と脳の病気のせいと二つの原因によるものだろうが、なったものは仕方がない、いい勉強だと思うことにした。右手が不自由で左手で字を書いている、そのせいもあるのかなと八ツ当たりしている。ともあれ、書いたものの責任は吾ひとりである。

二十年前に書いたものを読み返すと自分で言うのもどうかと思うが、結構面白い、闘志が湧く。二十年ダテに過してきたわけじゃないところを見せたい。以前は若貴人気絶頂期、皇太子ご成婚など明るい話題の多かった頃で、景気も良かったと思う。私にとって、今年は米寿、それとわが師小津安二郎監督の没後五十年という節目でもある。

鉢植えの桜が、今朝一輪花をつけた。まさに春は目の前に来ている。老いの春だってあっていいじゃないですか、生涯を過すこの鎌倉のことどもを書き続けて生きていきたいと念じている。

銀座に降り立った神

平成二十四（二〇一二）年八月十一日、強い陽差しの午後。私は、突如前触れもなく、脳に異変をきたした。脳梗塞である。ある瞬間を境に無になった。翌日の夕方病院で我に帰り、自分の身に起こったことを知った。幸い比較的軽くすんだ。

その日――。私は十日程前に亡くなった古い友だちの女優津島恵子さんの弔問のため上京した。五十年以上前からの付き合いで、五人の親しいグループのひとりだった。お互いかなりの高齢でもあり、悲しみは静かだった。

その帰り道、一寸した買物に銀座の松屋に寄って十五分ほど地下の食品売場にいてから表に出た。

新橋からスカ線で帰ろうと、松屋前の道路から地下鉄の駅へ狭い階段を降りりかけていた。

その瞬間のこと（のようである）、私は気を失ったように倒れかけた（のを後を歩いていた家内は見ている）。

その時、私の隣にいた四十歳位の男性が、すっと私を抱き止めてくれた。数秒おくれても私は倒れて階段を落ちていたかもしれない。その人は私を抱き止めると即座に「救急車」と叫んだ。

数分後、救急車が駆けつけ、私を済生会中央病院へ搬送した。私は何も知らない。

家内はその男性の処置の見事さに茫然としていたが、救急車が去ると、慌ててその男性の姿を求めたが、その男性はサッと階段を下りて地下鉄に乗り込んだ。後を追ってお礼を述べようとしたが、間に合わず、走り去る電車の中の男性の方へホームから頭を下げるしか出来なかったらしい。

すべてが十分くらいの出来事、脳梗塞の治療は時間の勝負と言う。

まさに私は命拾いをしたのだが、すべてはその見知らぬ男性の処置のおかげに他ならない。

お礼を申し上げず、どうすることも出来ないで未だ心苦しいのだけれど、私には唯、神様が突然おり立って、その男性になられたのだとしか思えないのである。

「蓼科日記」刊行のこと

今年は映画監督小津安二郎の没後五十年という年に当る。その記念事業の大きな柱が「蓼科日記」の刊行である。そもそも蓼科日記とは何か、を説明しておきたい。

映画の脚本は、何人かの共作という場合が割に多い。中身の芝居も大事だが、構成というか、シーンの繋りを考えるのが重要なので監督がシナリオに加わるケースが多い。小津作品の場合は、戦後「晩春」という作品以降はすべて小津監督と脚本家野田高梧の合作である。戦前から、茅ヶ崎にある茅ヶ崎館という旅館が、シナリオ執筆の場として定着していた。小津、野田両氏もここを仕事場としていたが、昭和三十一（一九五六）年に信州蓼科高原の野田高梧の持つ山荘に移した。山荘の名は「雲呼荘」という。字面《じづら》はいいが、声に出して読むのは少々憚られる名だ。そこでの日常を綴ったのが「蓼科日記」で、名作と言われる小津作品のシナリオが生まれる執筆状況が明らかにされる訳で、非常に興味深い記録と言っていい。

日記は、十数年間にわたり、A5判ノート十八巻一五〇万字に及ぶ膨大なものだが、その中から脚本執筆に関わる部分だけを抽出したが、本文五〇〇頁を越える大部となる。

いささか宣伝めいたが、この記述の中から二人の偉大な作家の悠々たる生き様、人生そのものが窺えて誠に興味深い。生きることそのものが仕事、作品となって現れてくるのである。ほのぼのとした味わい、ユーモアが、この日記の中に随所に見られる。

小津映画が今日なお人々に愛されているのもこんなところに秘密が潜んでいるのかも知れない。

左利き

小学校へあがる前の四、五歳頃、当時住んでいた鎌倉西御門の家の裏手にあった運動場で、その頃家にいた書生と呼ばれる十七、八の若者と朝から子供用のバットとグローブを持って野球遊びをしていた事をよく覚えている。何を言おうとしているかと言うと、その時分から、私は既に左利きだった訳で、家族の中でも当り前のことだった。周囲に違和感はなかったように思う。

それが、小学校へあがると、途端に空気が変わった。

「ヘェー、おメェギッチョかよ」と、まるでカタワ者を見るような眼を向けられた。つらかった。このコンプレックスは中学を終る頃まで続いた。ギッチョという呼ばれ方に得も言われぬ屈辱感があった。

大学に進む頃、必死に右書きを練習した。下手が恥ずかしかったが、やがて自分も、周囲も慣れた。いつの間にか、ナミの人間になっていた。

平成二十四（二〇一二）年八月、私の体に異変が起った。右半身麻痺である。内心私は右でよかったと思った。まわりの人は、えらいこっちゃ、と思ったに違いない。何しろ右手ではパーもグーも出来ない。

ここで私は伝家の宝刀を抜いたのである。さっと左手でペンを持って、字を書いてみせた。「アラッ、器用ですね。左もお使いになれるの？」

何を言われる、左も、ではない。左で書ける、とサラッと言ってのけるのが、最近の私の得意台詞《せりふ》である。

左で書く方が上手い、と喜んでいいのか悪いのか、オチョクル悪友もいたりする。

然し、嬉しがってばかりはいられない。不自由は山ほどある。お箸は何とか使えても、片方の手で茶碗が持てないので、お茶漬けがかきこめない。洋食の席でナイフとフォークが使えない等々、まあ欲を言えばキリがないが、人生この年齢《とし》になって、人前にも出られ、酒の一本も呑めるとすれば、こんな有難いことはない。

何よりも生来左利きだったことがこんなに役に立つとは……。もう少し長く生きて、少しは世の中のお役に立つようしっかりやんなさいよと、天は目を離しては下さらない。

猛暑の記憶

私には、どうしても忘れられない暑さ、いや暑かった日の思い出がある。今から六十八年前、昭和二十（一九四五）年八月十五日、まさに終戦の日のことである。

その年の七月一日に、宇都宮の東部三十六部隊に現役入営したばかりの陸軍二等兵で、入隊後一週間程して茨城県の鹿島灘に近い農村の民家に分宿し、毎日敵米軍の上陸に備えて、海浜で蛸壺掘りに汗水流している情けない軍隊生活を送っていた。

分隊長から、自宅に作業用のスコップのある者は、持ってくるようにという外出許可が出たので、闇雲に手を挙げて外出できた。

スコップの一つぐらいは物置を探せばあるだろうと、気楽に考えていたのに、何とわが家にはスコップはないというさわぎで、母親に頼んであっちこっちに電話した。やっと久米正雄さんの家から調達してもらい、帰隊することになったのが、丁度八月十五日。

総武線の千葉駅を降り、佐原方面への支線に乗り換えようと、ホームから駅前へ出た時、丁度十二時を廻った時で玉音放送が始まったところだった。

駅前広場と言っても乾ききった土の地面が広がり、ポツンと立った木の柱に、小さなラジオのスピーカーがくくりつけられており、そこから雑音にまじってかすかに陛下のお声が流れていた。

前日のうちにこの玉音放送のことは知っていた私は唯茫然と立ちつくしていた。八月の真昼の直射日光の強さをあれ程強烈に感じたことはない。目の眩むような光と暑さの中にたった一人、日本が敗れ去る瞬間を見るともなく、見ていたのである。

現在の連日三十五度を超す猛暑と較ぶれば、おそらく温度自体は低いかもしれないが、しかし私の体が覚えている体感温度は、はるかに高かったように思えるのである。

それは私の敗戦国民としての第一歩であったからかもしれない。

野球道

全国高校野球大会の十日目(八月十七日)、連日の炎暑の中でいま三回戦が行われている。

選手諸君には申し訳ないが、夏の高校野球は三十五度を超すような猛暑が甲子園をいやが上にも盛り上らせているようだ。

体調が万全でない今年は、猛暑のせいもあって殆ど外出を控えているので、家で毎日テレビの前に坐っている。

若い頃から野球は好きで、プロ野球がこんな全盛になる前から、六大学の野球や都市対抗などもラジオで楽しんでいたが、高校野球は春の選抜大会を含めて今日程の熱狂ぶりはなかったように思う。この所、プロ野球の人気が何故か少々翳《かげ》り気味のようで、これはこれで理由があるのだろうが、夏の高校野球の方は年毎に盛り上っている。各県の代表として戦うというところに、民放テレビの地方の名産や名所の紹介番組などの影響もあってか、各チームのお国振りに、野球ファンでなくとも血を騒がせるものがあるらしい。

野球そのものについて言えば、大学から社会人になりかける頃に、プロ野球に新しいリーグが生まれそうな動きがあったりした事もあって、その時、野球そのものに直接関わったこともあった程の野球好きだったから、多少見る目は持っているつもり。

高校を出てすぐ、プロ野球に入って、すぐ登板してそこそこの成績をあげる位、高校野球そのものがレベルアップしているのだろうが、要となる投手については、これは、と目を見張るような選手は数少ないように思った。マウンドに上って投球すれば、ピッチャーには違いないが、それ以前に投手としての資質そのものを持っているかどうかに首を傾げるような人も、失礼ながら、何人かいたように思った。

全チーム見た訳ではないが、私には唯ひとり広島県瀬戸内高等学校の山岡泰輔投手の姿には、投手としての資質の良さが見えた（一回戦で残念ながら敗退したが）。

勿論総体的には、どの試合にも、少なからぬ感動があり、若者の純粋な姿を熱い思いで、目で追っていたし、スポーツの爽やかな味わいを毎日のように感じてもいた。何の文句もないのだが、何故か物足りなさを覚えた。それは野球という広がりのあるスポーツの根元《こんげん》の所に、「野球道」とでも呼べるような深い理念があったら、とそんな夢みたいなことを頭に浮べたりしている。

裏と表

いきなり玄関を開けて土足で上り込んでくるような集中豪雨、アッという間に屋根を吹き飛ばす竜巻、この一、二カ月のうちに、北九州、山陰、北陸から東北まで、日本海側の各地を荒し廻った今年の夏の異常気象。

勿論、それ以前の四十度に迫る高温炎暑を含めて「日本はどうなったの？」と、不安感を高めた人も少なくないだろう。去年もかなり暑かったようだが、私は幸か不幸か八月から長期入院中で、暑さを感じずに季節を超えた。

それにしても、日本を取りまく環境はどうなっているのだろう。太平洋側は、今年はラッキーで苦難を味わわずに過せたが、来年どうなるか何の保障もない。オリンピックに浮かれてばかりもいられないのではないかと、年寄りの取越し苦労が出てしまう。

今頃こんな話をするのは、ズレていると言われるかもしれないが、テレビのお笑い番組に溢れる雑な日本語には、呆れ、を通り越して不愉快である。デリカシイのかけらもない。何よりも子供たちにすぐ広がって行くのが心配だ。悪いことは伝染が速い。

先日のオリンピックのプレゼンテーションの時、「日本の心は、おもてなしの心だ」という表現があった。すばらしいと思った。

神様どうぞ、日本の風土に似つかわしくない荒れた気象や美しい日本語を忘れたバカな流行語などで、世界の善男善女に対する〝おもてなし〟になりませんよう、祈るばかりである。

御用聞きと豆腐屋のラッパ

昭和十年代までは、街の商店は、特に毎日の食べ物などは午前中にお客さんの家に行って注文を聞いて廻ったものだ。

この御用聞きで思い出すのは、無声映画の傑作と言われている小津監督の「生れてはみたけれど」(昭和七年)に、御用聞きの小僧(小藤田正一)が登場して、御用聞きの様子や近所の子供たちを集めて今で言う情報収集をやっているようなシーンがあったことである。

私も小学校へあがる頃までは家にいてよくそんな光景を目にしていた。特に魚屋さんは、実際に自転車に盤台を積んできて眼の前で、切り身をさばいたり、刺身を作ったりするのが面白くて、御用聞きがくるのを楽しみにして見ていたものだ。

お豆腐屋さんも夕方近く天秤棒をかついで独特のラッパを吹きながら歩いてくると、どこからともなく小鍋《なべ》を手にした奥さん方が集まってくる。水の中で掌の上に豆腐を乗せ、大きな金色の包丁できれいに一丁ずつに切りわける。何とも粋な売り買いだ。

本屋さんの出前（はおかしいか）は配達に来て何月号か、月が変わるとその月発売の雑誌を持って来てくれる。アテにして待っていた雑誌がその日の配達に入っていない時のショックは大きい。昭和の初め頃かもしれないが、豊島屋さんでも、大きな四角い和菓子の見本入れの箱の段を持って来て広げて見せる。作る職人たちの心意気を見せられたようで、その美しさを忘れられない。

商売《あきない》の形が時代と共に変わるのは当り前のことかもしれないが、ちょっぴり昔恋しい気がするのは年齢《とし》のせいか。

雨のわが母校

氷雨がコートの肩に冷たい十一月の午後、私は年下の同窓の友人ふたりと母校湘南高校へ向かった。もっとも、私がこの学校を出たのは今から六十八年前、まだ湘南中学といわれていた頃で、今回が卒業以来初めて母校の土を踏んだのだった。

同行の後輩ふたりにこの日、母校を案内してもらったのには、それなりの事情があった。

平成二十四（二〇一二）年二月、同校に「湘南高校歴史館」と言う博物館のような資料室が作られ、その中に「湘南大樹」という大きな壁面が用意された。

これは同校百年に垂《なんな》んとする歴代の卒業生たちより選ばれた方々を、大樹の木の葉一枚ずつに名を託して残そうというコーナーで、今回、おこがましくも私がその一葉に加えて頂いたので挨拶かたがた現校長・羽入田眞一先生を訪問したというのが次第。誠に光栄なことであった。ノーベル化学賞の根岸英一先生は言わずもがな、石原慎太郎さんほか、多士済々の名前を拝見して、唯々《ただただ》歴史の流れの大きさを感じるばかりだった。

学校の校舎そのものはすでに四代目とか、往事を偲ぶものはなかったが、校門の脇の楠の大木が太くどっしりと腰をすえて、この学校のことなら何でも私に聞けと言わんばかりに逞《たくま》しく見えた。

藤沢の駅から学校までは、遅刻する学生が必死に走っても十五分はかかる。道すじは殆ど変ってなかったが、砂ぼこりをあげた道はすべて舗装されて、雨に黒く光っていた。

平成二十六（二〇一四）年

己に克つ

一月十二日日曜日、大相撲初場所の初日を迎えた。小学校低学年の頃からの相撲好きで、今でも相撲が始まると、テレビの前から離れられない。

思えば八十年も昔の話になるが、手作りの紙で作った紙角力というもので家族一緒に角力を楽しんだことが忘れられない。ボール紙の菓子箱をひっくり返して底の白い面に土俵の輪を書いて、ボール紙を切って作った紙人形を二つ取り組ませ、箱の底をトントンたたいて紙人形が倒れたら負けという幼稚な遊びに夢中になっていたのを思い出す。

そんな、私の人生にとっては切り離せない相撲が、今日唯今、少々空気が変って来たように思えてならない。その要因は、稀勢の里という大関にあると断言して憚《はばか》らない。

そもそも稀勢の里が、次の横綱候補と目されるようになったのは数年前、具体性を帯びてきたのは昨年七月の名古屋場所だったが、ふたを開けてみたら五日目までに二敗と早々に失格。今場所こそは綱取り場所と囃《はや》されていたのに、なんと初日いきなり黒星スタート。全国何十万人もの日本人横綱待望ファンに頭から冷水をぶっかけたような惨めな土俵。プレッシャーとかミスとかで片付けられる問題ではない。人間の信頼を傷つけたと言っていい。

この初日のテレビ放送の中で、NHKのアナウンサーが、横綱白鵬にコメントを求めていた。その時の白鵬のことばを聞かれた方もいらっしゃると思う。「プレッシャーはあると思うけど、横綱になるということは、なったその日から一生、単なるプレッシャーどころではない大きな心の負担を背負って生きて行かなきゃならないということだよ」。

残念ながら、人間の格が違うというのはこういうことか。

わが身を恥じる。

和気《わき》藹々《あいあい》

今から丁度十年前である。

その年の秋の、鎌倉文学館の企画展で、女流俳人星野立子さんを取りあげた。その準備で館の学芸員の妹尾《せのお》和子さんが度々立子さんの娘さんの星野椿さんのお宅へお伺いするうちに、ミイラ取りにとられたかどうか、文学館の職員仲間で句会をやってみようという話が出て、その頃館長をしていた私もかつぎ出されて始めたのが平成十六（二〇〇四）年六月で、以来毎月一回のペースで行い、積り積って今月で百回となった。

師匠なしの全く内輪の句会だが、仕事仲間が仕事を離れて句作りに頭を捻《ひね》り、一パイ飲んでは、お互いの迷句を披露し合うという気楽さが何とも言えずいいのだ。

現在は小田島一弘副館長ほか館員四名、現館長富岡幸一郎さん、「魔女の宅急便」の角野《かどの》栄子さんと私がレギュラーゲスト、と言ったメンバーで、今までに十人位の人が出たり入ったりしてきた。

五十回の時、その時のメンバーで小さな句集を作ったのがいい記念になっている。二冊目の句集という話はまだ出ていない。メンバーも少々くたびれてきたようだ。

いつまで経っても一向に腕は上がらない。和気藹々、これが人生の何よりの良薬である。

恥ずかしながら、駄句ひとつ。

江ノ電の尾灯滲みし五月闇

句作りの道はるかなり獺祭忌

鎌倉同人会百周年

明治の元勲睦奥宗光の嫡男広吉伯は、駐ベルギー特命全権公使在任中、病をえて帰朝、その療養の地として鎌倉由比ケ浜の辺りに居を定めたのが、明治四十五（一九一二）年すなわち大正元年のことであった。鎌倉を静養の地とするのは、当時の上流人士たちの間では常識であった。

明治二十（一八八七）年、由比ケ浜の海浜にサナトリウム鎌倉海濱院が開院、その医師勝見正成は、当時鎌倉郡の初代医師会長でもあり、鎌倉の有数のインテリであり、陸奥伯の治療に当るうちに陸奥伯の広い識見を畏敬し、何かと師事するようになった。

勝見は陸奥伯に鎌倉の町政刷新に協力を求めたが、陸奥伯は応じなかった。然し勝見氏の熱意に絆《ほだ》され、やがて重い腰を上げ、更に多くの有志も同志に加わり、ようやく大正四（一九一五）年一月五日、鎌倉同人会が発足することとなったのである。同人とは中国易経に出典を求めたもので、広く人材を集め、公明正大に事を処して行くことを根本理念とし、要は鎌倉という町をあらゆる角度から良くしていくことにつきる。

以来同人会は会員たちが努力を積み重ね、一世紀百年の長きに亘り、歴史をつないで来たのである。そして平成二十七（二〇一五）年、記念の年を迎えるに当り、会としての力をふりしぼって祝意を表し、次の世代へ更に同人会の発展を継いで行くべく準備を進めている。

第一は、『鎌倉同人会１００年史』の発行。第二は、同人会創立の頃より縁の深かった鎌倉海濱院のち鎌倉海濱院ホテル（昭和二十年焼失）の跡地《あと》（現鎌倉海浜公園）に記念碑を建立、鎌倉市へ寄贈することである。

今、先人達の残した百年の輝かしい歴史を心に刻み、新たなる百年に向けて何を為すべきか、問われるのは我々現会員一人ひとりの生き方そのものにすべてが掛かっている。

わが家の猫の話

わが家に、トラという名の飼猫がいる。十四歳ぐらいになっている。成人というよりは、老年に近いかもしれない。八幡宮の境内にボール箱に入れて捨てられていた四、五匹の猫を子猫好きの近所の奥さんが拾って家へもって帰り、お好きな方があったら差し上げたいと言っているという話を聞き、見に行ったのがきっかけだった。

実はそれまで飼っていた猫が前の年にエイズで死んだばかりで、可哀想な死に目だったので、二度と飼うまいと思っていたのだが、生まれたばかりの子猫の可愛らしさについほだされた。しかもたった一匹だった雌の子猫で、拾った人も離したがらなかったのを無理言って譲って頂いたので、二度と飼わないと言ったばかりなのに前言撤回で、大喜びで抱いて帰ってきたという次第。

この二代目、仲々の器量良しで、誰からもほめられるので飼主もすっかり気分をよくしている。早いものでもう十三、四歳になるはず。表へ一切出さないので、運動不足で、食い気ばかりで体形はよろしくない。いつの間にか、「ゴハン」という言葉だけは、誠にはっきりと人間の言う如くしゃべるようになった。普段はポリポリと言う乾いた飼料だが、朝の一食だけは缶詰の食料を食べさせることにしている。本人（？）もこれが楽しみらしい。この朝の一食を作るのが私の家事の唯一の役目になっている。一昨年の病気以来、右手が不自由になったので、缶詰をあけたりするのが一仕事になってしまったが、内心は楽しみでもある。

母の日エレジー

五月の第二日曜日は母の日と言う。亡き母には白、現存の母には赤のカーネーションを贈るという事以外、曰く因縁はあまりよく知らない。何れにせよ、アメリカあたりからの輸入品であろうが、母親のことを思い出すキッカケにはなろう。

わが家の家族写真の中で多分最も古いものだと思うのは、昭和元(一九二六)年の五月頃、父が初めて自分の家を鎌倉の西御門という所に建て、門の脇に大きな鯉幟りを立てているのを子供四人と母親が見上げている写真で、末っ子の私が母に抱かれて、ゴムの乳首をくわえている。つまり〇歳の私を加えて五人の子供が写っている。

八十九年前のものである。小説家の父は、仕事場と称して二号さんと暮らす日常で、家庭は母ひとり、子育てにすべてを捧げていた人生だった。空襲で東京が焼け、父が鎌倉の自宅で止むを得ず生活せねばならなかった終戦前後の六、七年が、母にとっては家庭の和みを味わうことの出来る幸せのときだった。

やがて同じ鎌倉に父は仕事場を作った。母にとって居心地のいいものではなかったに違いない。子供たちは戦死した長男を除き皆別に世帯をもった。母はひとりになった。

それから十数年後、昭和四十八（一九七三）年母は交通事故でアッというまに亡くなった。私の家へ珍しく父と母が一緒にきて、マージャンをして遊んだ直後の出来ごとだった。私の母にとっては至福の時間だったのに……。

それから四十年、写真の家族はいま九十五歳の次兄と私ふたりだけになった。歳月は淀みなく流れ、母の人生をいま思い起こすこと自体が感無量でしかない。

自戒

リハビリテーション、略してリハビリ、日本語では医学用語として機能回復訓練である。

私は平成二十四（二〇一二）年八月突然脳梗塞を発症し、右半身麻痺となった。その年十二月までは二つの病院でリハビリに専念、以降一年半今日まで介護保険制度の適用を受けて、デイサービスや訪問介護などを週四日程受けている日常である。日本の高齢化がどんどん進み、この介護保険がどれだけ大勢の老人たちを助けているか、と同時に今後のこの制度自体の持続についても深刻な問題であろう。

私が今通っている由比ガ浜のリハスタジオは場所も街の中心部にあり、施設も整備されていて人気も高い。七十代、八十代の人が多いが、九十代でも元気に体を動かしている方もおられて見習いたい。段々顔見知りの人も多くなり、結構楽しい場になっている。それぞれ勝手に運動機具を使ってリハビリに取り組んでいて気ままだが、休憩の時にお茶を呑みながらの座談が楽しそうだ。お年寄りが元気なのは良いことには違いないが、と言って喜んでばかりもいられない。

冗談ではなく、社会の形が変わってきて、保険料を負担する働く世代が受け止められるのかどうかと心配になる。総理大臣さんも、こういった国民生活の地道な問題にもっと顔を向けなくていいのかと言いたい。

高齢者にとってリハビリは大切だ。機能の回復は勿論だが、それよりリハビリを如何に持続して行けるか、その我慢強さが高齢者には難物である。他人事ではない。私自身が当事者なのだから……。

ある鎌倉の風景

梅雨曇りの空だったが、一部薄い雲の下には、仄かに陽の光りが匂った。病院の窓から私が見た風景は、そんな空の下にあった。画面の左半分近くは、鎌倉芸術館のモスグリーンの壁面であった。残りの右の部分には、鎌倉女子大のベージュと灰白色のツートンの校舎が一列に真直ぐに延びている。その校舎の列は画面中央の奥に突きささっているように見える。湿った空気がこの風景をしっとりと静謐なものにしていた。どこか西洋の国、行ったことはないけれど西ドイツあたりの地方の小さな学都のような感じがした。

長く鎌倉に住んでいるが、まして馴染みのある地域なのだが、このワンカットは見たことのない切り口だった。鎌倉の空気ではなかった。然しこんな鎌倉の空気があってもよいな、と思った。モスグリーンとベージュの間には深い緑の樹木が、これも校舎に沿って縦一列に並び、見事な色彩の調和である。冷たいような鋭角的な風景だが、鎌倉にはないものだった。私はそれを美しいと思った。

突然、その風景の上に全く別の風景がダブって見えて来た。そうだ、ここは松竹大船撮影所の跡地だ、私の青春の半分を過ごした場所だ、華やかな色彩の溢れた場所だっけ。まるで万華鏡のガラス玉をグルリと廻したようだった。

平成十二（二〇〇〇）年六月三十日、大船撮影所が消えた日を私は忘れない。

世のさだめ

昭和六十（一九八五）年年八月十二日、群馬県上野村の御巣鷹山の尾根に、日航ジャンボ機が墜落した。あの忌まわしい事件から今年で二十九年が過ぎたという。事故の大きさ、犠牲者の数の多さ共に航空機事故としては最大のものだし、当時人気絶頂だった歌手の坂本九さんの名がその中にあったことも、人々のこの事故への関心を深くした。

私はその頃勤めていた松竹という会社のテレビ部門の担当役員だった。丁度この八月十二日という日は、関係先のテレビ局、テレビ東京の夏のイベントで、暑気払いのビールパーティーがあって、当番会社だった松竹の私が、乾杯の発声をする事になっていた。その直前急に会場内に妙なざわめきが走り、人々の出入りが慌ただしくなる気配がした。

会も終り、私は鎌倉の自宅に帰った。すぐテレビの前へ坐った。その時、私の眼に入った映像は、音もなく、ただ無機質に、人々の氏名がタイトルロールのように画面の下から上へと限りなく流れていた。背筋がぞくっとした。人の命が流れて行く、いとも簡単に……、無常感が私を包んだ。

私には何も出来ない、いや誰も何も出来ない、だのに、たまたまその飛行機に乗った五百二十人の人の命が失われて行った。

私は何故かその夜から煙草を止めた。下らないことかもしれない。しかし何かしなくてはいられない気がした。事故と言えばそれまでだが、何か理不尽という言葉が浮んだ。五百二十人の人たちに何と言えばいいのか、割切れない想いが、私を離さなかった。

生死一如

六年前の映画で、納棺師という仕事を題材にした「おくりびと」という作品があった。特異な世界でもあるし、作品も出来がよく印象に残っている。

先日、新聞のコラム欄にその映画の一場面のことが取り上げられていた。普通の仕事をしてくれと懇願する妻に納棺師の夫が答える。「普通って何だよ。誰だって必ず死ぬだろ。死そのものが普通なんだよ」その通りだが、やはり人の死ということは、身近な人は当然だが、周囲の親しい人たちにとっても、特別な事になってしまう。いやでも悲しみやつらさなど気持の動揺がついて回るからだろう。

人は生れたら必ず死ぬものと解ってはいても、亡くなった人に対する思いが断ち切りにくいのが人情というものだろう。

年をとって死に近づいてくると、死んだ人の側からのことを、ふと考えてしまう。当り前だが、どんなに悼んでもらっていても、死の壁を通り抜けはできない。生と死は一瞬にしてわかたれる。のぞいてみたいと思う気持は誰にもある気持だが、どうすることも出来ない。この頃、時々夢うつつの中で死の壁の向う側からこっちを見ているような感覚に陥ることがある。余命が少ないと思うか、まだ客観的に死を見ていると思うのか、よくわからない。

この年になるまで、頭が悪いせいか、死ということを身近に感じたことがなかったのに、このところ少し世界が広がった（？）ような気がする。生死一如、そんな訳のわからぬ言葉が浮かんだりする（ボケたのかな）。

心を繋ぐ

「小津安二郎記念　蓼科高原映画祭」というのがある。今年第十七回になった。小津安二郎監督が、脚本家野田高梧氏と蓼科高原の小さな山荘に籠って、「東京暮色」以降最終作「秋刀魚の味」まで六本の小津作品のシナリオを執筆したことを記念して、地元茅野市が当時の矢崎和宏市長を中心に市民の力で立上げたユニークな映画祭である。

茅野駅に隣り合って建てられた茅野市民館という素晴らしい会館を中心に、二日間にわたって十数本の映画が上映される。地方の都市は、映画館が年々少なくなっている現状で、映画祭に観客を集めるだけでも容易でないから、実行委員の人たちの努力が思いやられる。

私は第三回から毎年参加していて、ゲストにみえる監督や俳優さんたちとのトークのお相手をしたり、ささやかなお手伝いをしている。

十月の蓼科高原は紅葉もきれいで、行くだけで楽しいが、地元の方々の純粋な映画祭に対する熱意、愛情が気持よく、嬉しくて、いつも心温まって帰ってくる。もう十年以上のつき合いだから、スタッフの方たちとも親しくなって、名物のそばを食べながらの交流は最高だ。それもこれも、映画という仕事に係わってこられたこと、そして小津先生という方に教えを受けたればこその今日だと思う。

人が人を呼ぶとでも言うのか、いまこの映画祭のスタッフに、小津先生と直かに会った方などいる筈もないが、この蓼科高原、茅野の町のなかに小津安二郎という人が残した心――魂と言った方がいいかもしれない――そういうものが脈々と伝わって、一面に漂っているように思えてならない。

露地

路地とも露地とも書く。茶道の作法で、茶室へ入る通路を露地と呼ぶようで、家と家の間の狭い道は路地と書くようだ。因みに露地は、屋根などのおおいの無い土地のことで、ハウス栽培でなく大地で栽培する野菜を露地物と呼ぶ。それが本義のようだが、私など無学な人間は、両方とも露地と書いて使っている。どうも露地という字面の方がしっくりくる。

鎌倉にはいかにも露地ということばがふさわしい小道が随所にあって、鎌倉の街の風情になっていたが、近年めっきり少なくなった。家を新築される人は四メートルの道路に接していないと建てられないという規則があって、道幅を拡げたせいだと思う。

すれ違うのがやっとのような両側生垣の小道、いや露地があって、ドキドキするような人との出会いが懐かしい。

今ひとに訊かれて即座に頭に浮かぶのは、鶴岡八幡宮に向って若宮大路の右側、清川病院の脇を東に入ってすぐ左へ曲った作家の大佛次郎先生が永年住んでおられた家の前、八幡前の方から入ると左の方へやや曲って進むと今度は右へくねるように曲る露地が、大佛先生がいたという匂いが感じられるような、鎌倉らしさを残している最高のポイントだと思う。

扇ガ谷の寿福寺の手前のスカ線の小さな踏切を渡ってすぐ左へ入って、鏑木清方先生の住居跡の記念館か川喜多記念館の方へ抜ける露地が、情趣はないが、鎌倉らしさは感じられる。捜せばまだまだ山とあるだろうが……。

あんまり先々のことを考えても仕方がない。時代が変われば人間の生きざまも変わるものだろう。

平成二十七（二〇一五）年

去年今年《こぞことし》

新しい年を迎えたと思ったら、もうひと月が過ぎた。早い。どんな正月だったか思い出すようなことは何もない。一年一年歳をとるたびに、暮れも正月も味気ないものになっていく。大晦日から正月へ、思えば小津先生が亡くなり、父も亡くなってからガラッと変った。大勢人が集まり、賑やかな酒席が連夜となったのも、思えば五十年も前のことになってしまった。

大晦日に小津先生とご一緒に、親しいスタッフ仲間たちと、東京・荒川区南千住のうなぎ屋尾花に行ってから浅草まで歩いて観音様に初詣でした事や、元日には父の家へ鎌倉の作家たちが多勢見えてドンチャン騒ぎになったことなど、そんなに昔のことと思えない程、未だに強く印象に残っていて懐かしい。

私自身三十歳代後半の働き盛り遊び盛りであったのだから、無理もない。小津先生のお供で、お正月の御節《おせち》のお重《じゅう》を東京から鎌倉へ運ぶのが元日の朝帰りになるようなことが何年も続いた。その上、元日は勤め先の松竹では年賀式があって午前中に歌舞伎座に集合がかかる。そしてそれが終るとすぐタクシーに分乗して劇場廻りをする。行く先先でお屠蘇代りに茶碗で一杯となるから、夕方には疲れもあってグロッキーになってしまう。今から考えると夢のようだ。

今年なんか、年始のような形で家に見えたのは二家族、あとはリハビリの訪問看護のために来てくれる人が四、五人ぐらい。淋しい限りだ。

十一日の日曜から初場所が始まった。私の今の楽しみの第一はテレビの相撲放送だ。場内の熱気が伝わってくると、こっちも元気が出てくる。人恋しさを相撲のテレビで紛らわすというのも少々情けない気がするが……。

雪に憶う

今朝、今冬一番の寒さだそうだ。(二月十日)夜中、トイレに起きて廊下に出た時、室内のエアコンのせいもあって特に寒さが身に沁みる。マイナス1度位だったようだ。

近年日本の気象状況は、異常である。秋のものと思っていた台風が夏前に来たり、十月過ぎと言うのに長雨で土砂崩れが起きたり、とにかく災害が多すぎる。自然現象だから仕方ないと言えない位、その度に被害を蒙っているのは国民だ。東北、北陸の豪雪も油断は出来ない。一夜にして七、八十センチも積るのでは、雪おろしなんか簡単に出来るものではあるまい。聞けば地方は空家が多いそうで、雪の重みで建物がつぶされるとか、不安で夜も眠れないのではないか。

豪雪でふと思い出した事があるが、五十数年前、映画のロケで、一カ月程山形県の蔵王のスキー場で過したことがあった。トニー・ザイラーというオリンピック三連覇の名スキーヤーの映画で、スキー場の条件は申し分なかったが、ロケに行ってから連日雪が降りつづいて撮影が出来ない。ロケ隊はいらいらが募るし、スケジュールは延びるしで、えらい苦労をしたことがあった。

雪の日というのは、不思議と何の物音も聞えない静けさがある。冬の日の早朝、ふと目覚めたときすぐ解る。何となく別の空間に包まれている感じがする。不気味な感さえある。

雪と寒さは別のものだ。寒さというのは、肌を刺すようなというか、痛さを感じたりするが、雪の日は、空気は柔らかいように思う。春秋には心が和むようなやさしい日があるが、冬の雪は、それと同じように、寒い雪の中で心なごむ日なのではないか。暖かい土地に住んでいる人間の甘えかもしれない。

さくら

俳句の世界では、花、と言えば桜の花を指した言葉になっている。それだけ日本人にとっては桜の花はなじみが深いのだろう。勿論好き嫌いはある。梅の方がしっとりと落着いた風情があっていいと言う人も多い。

一カ月程前、雪ノ下の野尻さんのお宅で梅見の会があった。紅梅白梅揃って見頃で素晴らしかった。元来無風流な人間だが、その日は文句なしに美しいと思った。

今年の冬はバカに寒い日と十五、六度の気温の日が三寒四温のように入り交じって季節を感じ取りにくかったが、この原稿が載る頃は、間違いなく桜も開花している筈だ。

二十数年前、拙宅を建て直す時、残念ながら猫の額の如き庭では無理なので、隣りの家の、わが家の二階からは真正面の所に、桜を一本植えさせてもらった。まだ弱々しい細い幹の若木だったのに、今ではわが家の二階と同じ高さまで大きく育って、今年はゆっくり満開の桜を満喫出来るとわくわくしている。

桜も種類が沢山あるようだが、私はやはり染井吉野が好きだ。遠山《とおやま》の新緑の中に一群れの山桜も美しいが、染井吉野は、散る時の花びらのかろやかに舞うようなさまが何とも可憐で、いとおしく、好きだ。あと一カ月、待ち遠しい。

今、八幡宮の段葛の桜並木が、全て植え替え中で、工事のための塀に囲まれており、淋しい春の眺めだ。来春新しい段葛がどんな形でお目見得するか、鎌倉の新名所となるだろう。

いのち

突然路上で脳梗塞に襲われてから、間もなく丸三年になる。生活が一変した。右半身の麻痺で、右手を使うこと、歩くことが不自由になり、日常のことも人手を頼らなければならない毎日だ。倒れた直後はどれだけ回復するものなのかという不安もあったが、今ではステッキをついて歩けるし、この原稿も左手で書いているし、これが自分の生き様《ざま》なのだと思ってアタフタしないようになった。

今年私は九十歳になった。してみると、不自由になったと言ってもわが一生のわずか三十分の一にしか過ぎないのに、ひどく長い時間のように感じるのが不思議でならない。幼時は別としても、自由気儘に生きてきた八十有余年が遠くに離れて行き、わずか三年でしかない今の生活が随分長く続いているように思えるのだ。夜毎夜毎人に接し、美酒に酔い痴れていた日々なのに、さして未練もなく、日日夕方になると届くコンビニの惣菜弁当を、たまに猪口二三杯を口にするだけの〝スッポごはん〟で毎日満足してるのと較べるべくもないが、結構おいしく感じている自分が不思議な気がしてならない。時間の流れというものは、楽しいものと退屈なものとでは、流れるスピードが違うのかもしれない。

何れにせよ、これからの私の人生の時間がどれだけあるにせよ、長さに関らず、平凡ではあっても退屈なものでないように生きないとなるまい。どれだけ生きられるなどは口にすること自体不遜である。命ある限り生きる。それだけでいい。

ある日　さつき晴れ

今年は、ゴールデンウィーク前から好天が続き、五月十日頃まで、夜中知らない間に一寸降った位のことはあったかもしれないが、日中は全くと言ってよい程晴天つづきであった。何年ぶりかとか、新聞で取沙汰されていたが、とに角雨に降られず、初夏を迎えた。何しろ鎌倉の街は連日人の波で、土地の人は家を出ない方がいいような気持になる。

九日の土曜日、五月になって初めて外出した。長い付き合いのNさん夫妻とわが家もふたりで、馴染みの藤沢の寿司やさん、江戸すしに行った。もう随分昔からの顔見知りで、お元気だった頃の横山隆一先生のお宅のガーデンパーティーに出張して来ていた事などあってなつかしかったが、この数年は、N氏もそこの古いお客さんで、年に二、三回は一緒に行くようになっていた。

食いもの屋は、まずは店のおやじとの相性が大事で、中でも寿司やは目の前で握ってすぐ口に入れるものだから、顔をみているだけで気分がよくなるようなおやじさんでなければ味も半減する。江戸すしのおやじさんは、いい男の上いつも笑顔で温かい。若い時程酒は呑めなくなったが、今の私には至福の時間だ。

翌十日の朝、初めて鶯の声を聞いた。キョコキョコと谷渡りまではいかないが、きれいな声を聞いた。小鳥の鳴き声も沢山あるが、さすが鶯だけは耳に残った。

日本の美しい季節感が失われて行くような今日この頃であるが、久々に爽やかな気持になった五月の一日であった。

戦後　七十年

若者のＴＶ離れ——と言われるようになってから、もうかなり久しい。一時間とか二時間という番組の時間が若者たちの生活リズムの中では、もはや退屈でしかないのだろうか。我々後期高齢者族は、真っ昼間からミステリードラマを二本位は平気で見続けている程のテレビ中毒人間が多いようで、どっちもどっちだが……。

私の好みを申し上げれば、好みの番組の第一は、「ザ！鉄腕！ＤＡＳＨ‼」を挙げたい。何よりダッシュ村建設までのメンバーの取り組みに感心する。何年も続いているから、細かく覚えてはいないが、とにかく一生懸命だ。物を運ぶためのトロッコを敷設するのも大変な力仕事で、勿論一緒に働く若者の仲間もいるのだろうが、ＴＯＫＩＯメンバーの山口くんと城島くんの黙々と努力を続ける姿は、気持がいい。木の樋を延々と引いて山の水を海辺まで届ける仕事の時など、見ていても喝采を贈りたいような気持になった。いいこと尽《ずくめ》のようだが、ひとつ注文をつけたい。いま放送中の「0円食堂」という企画は、あまり好きではない。つくり事で、いじましい感じが、TOKIOのメンバーに相応しくない。

TVの話題をもう一つ。六月十四日のNHKスペシャル「沖縄戦・全記録」。背筋が凍った。洞窟へ向けて米軍が火炎放射器を打ち込む（中に民間人もいることを承知の上で）シーンには、戦争というものの本質の惨めさを見る思いがした。七十年前の沖縄の姿を現在《いま》の沖縄の姿の中でどう見るのか、問題を突きつけられた気がした。

このシーンの数分後、突如映像が切れた。空白のブラウン管が、日本の七十年の歴史の流れを、無言のうちに語るように——。

夏に想う

今年もはや半分を越した。六月から七月十日頃まで、梅雨の季節とは言え、雨が続いた。特に南九州の鹿児島、熊本県辺りは連日の豪雨で大きな被害を被った。ところが、一転して七月十日頃からはいきなりの猛暑、都心をはじめ関東各地揃って三十五度前後の高温となった。別に特筆大書すべきことでもないが、この季節の変わり目の有り様が、何とも味気ない。日本語には春めくとか夏めくとかの言葉があり、季節の前触れのような曖昧模糊とした時候がある。つまり季節の移り変りがうつろいゆくという言葉がピッタリくるような自然のやさしさがあったものだ。

現代、ものごとすべてが、雑白で品位がないように思えてならない。百時間議会で討論したから国民の理解は得られたと思うという論理は手前勝手で、合理性に欠ける。こういう政治状況を作り出したのは、選挙した国民に責任があると言ってしまえばそれまでだが、それにしてもこの国の方向に不安を覚える国民が多いのではないか。

夏の話に戻したい。私たち古い人間は、どうしても夏は八月と思えて仕方がない。子供の頃から夏休みという感覚があるせいかもしれないがそれだけでなく、八月は夏の終わりに近い感じがどこか哀愁がある。

鎌倉で言えば、鶴岡八幡宮の八月七日は夏越祭、八日は立秋祭がある。お盆がすぎると海はくらげが出て、海水浴ももう終わりだ。海の家が壊されていく。太陽の落ちる時間も次第に早くなる。この頃の夏の海には悲しみがあって美しい。老人が小犬をつれて波打際を歩いているのも鎌倉らしい風物だ。

LIFE GUARD

終戦の日

七十年――。長い月日である。七十年前のこの日のことを忘れているか、知らないという日本人がどれだけいるのだろう。くわしい数字は不勉強でよく解らないが、日本が戦争に負けたことも、どこと戦争をしたのかも、もはや遠い昔のことと
なっている時代だから……。

その七十年前の終戦の日、八月十五日、私は、不思議な縁《えにし》で、自宅にいた。二日間の外出許可を貰って自宅に帰り、この八月十五日の日に原隊に戻ることになっていた。何の用で外出させられたかと言うと、笑い話にもならないが、軍隊に作業用のスコップが不足していて、それを調達してこいというのが命令であった。ついーカ月半前に、宇都宮の東部三十六部隊という所へ入営したばかりのホヤホヤの新兵で、いまは茨城県の鹿島灘沿いの農村に分宿しているという、兵隊さん

と呼ぶより民兵とでも呼ぶような気楽な軍隊生活だった。

正午前私は丁度千葉駅のホームから地上に出た所で、終戦の詔勅のラジオ放送を聞いた。勿論前日から自宅でその事を耳にしていたが、その真夏の炎天下の土ぼこりの中で、何も頭の中に浮んではこなかった。これから私たちはどう生きて行くのか、これから歩いて部隊へ戻るというのはどういうことなのか。先の見えない不安感があった。持って帰ったスコップを使って、明日から又海岸で蛸壺掘りをやるのか、海を埋めつくすように沖縄に上陸してきた米軍が、この鹿島灘にも現われるのではないか、民家に七、八人ずつぐらい寝起きしていた私たちの話題はそればかりだった。

七十年後――。今年の暑さは、あの終戦の日の暑さそのままだ。唯違うのは、今は海に現われるのは米軍ではなくて、鮫だそうな――。

日本の秋

秋の長雨——とは古くから言われている言葉だが、今年は九月に入ってから太陽が全くと言ってよい程顔を見せず、挙句の果てが九月十日の記録的集中豪雨、そして鬼怒川の堤防決壊である。被害にあわれた方々に申し上げる言葉もないが、改めて自然災害の恐ろしさに人間の無力さを思い知らされたのである。

国民の平和な生活を護るために、というのが、国民の輿論を二分している。安全保障関連法案の是非であるが、この論議の必要性は承知の上で、国民の平和にして安全な生活を維持していくために同じように大切なのは、国土を守る、即ち治山、治水事業が忘れられてはいないだろうか。地味な仕事であるが、忘れているると自然の力の恐ろしさをすべての国民が思い知らされるのは、この数年の東日本大震災をはじめとして枚挙に暇《いとま》がない。私には、どこか中央政庁が、地方行政に任せすぎているように見えて仕方がない。

　飛行機や軍艦を準備するのと同じ位、いやそれ以上の長期に亘る膨大な費用が必要だ。国家予算の当初から考えてくれる偽政者がいて欲しい。それがほんとの愛国心ではないだろうか。

　だれが攻めてくる訳でもない。相手は自然だ。だからこそ国が護らなければならないのではないだろうか。

　九月十日を過ぎてから、やっと秋空が戻ってきた。一度ひっこんだ蟬が又鳴いている。風に乗って遠く祭囃子の太鼓の音が聞える。そう言えば――今日は鶴岡八幡宮のお祭りだ。

友よ

中学（旧制）を出て、大学（予科）へ入る頃だったと思う。普段あまり教訓めいた事を言わない父が言った言葉が、頭に引っかかって後々まで忘れないでいたのは、「学校という処は学問をするだけではなく、一生付きあう友達を見つけ出す所だ」という言葉。

父自身、学習院に入って仲間たちと小さな同人誌を作り、文章を作ることに心を砕いて、やがて先輩たちのグループと一緒になって「白樺」という雑誌を創刊、明治大正の大きな文学の潮流を産み出したのだから、正しく実践者だ。

友達というのは、作るものではなく、出来るものではないか。大学時代、私も五人の友達が出来た。経済学部予科の時のクラスメイトで、三人は席がつながっていたから自然口をきくことが多くなったが、後の二人はどんなきっかけで親しくなったか覚えていない。然し卒業後も親しさがどんどん増していった。出身地も夫々《それぞれ》違っていたが互に何人かで訪れて行ったりして、家族ぐるみの付き合いになっていった。

だが、戦争という大きな波が、社会も人も変えていった。一人一人の人生を語る時間はない。六十歳を過ぎて、一人減り二人減りと、その間の人生のあり様についてはは千差万別だが、次々と世を去っていま私ともう一人、二人だけになった。もう悲しいとも寂しいとも思うことはない。唯、そんな過去もあったなァと、頁がめくれていくような思いがする。悔いはない。

残った二人、私は三年前に脳梗塞をやって右手足が不自由で、リハビリが仕事である。もう一人は元気だが最近耳が不自由になって残念ながら電話で話が出来ない。とは言っても二人は紛れもなく生きているのだ。有難い。

因みにこのわれわれ六人の会は「六游会《ろくゆうかい》」という。

けんちん汁

某日、鎌倉で、お母様の代から長いこと料理一すじに生きてこられた料理研究家の辰巳芳子さんとお会いする機会があった。「みんなの小津会」という小津映画の愛好家たちの集いで、円覚寺の小津監督の墓を詣で、その後、寺内の如意庵という塔頭で小津映画とトークを楽しむという催しであった。そこで辰巳先生のお話を伺った。

けんちん汁、どこの家庭でも作る家庭料理だが、辰巳先生のお話を聞くと、まるで別の料理のような緻密さで作られるということを初めて知った。根菜の一種類ずつ切り方の形や厚みが夫々違う上、始めに油炒めする順序とか、すべてルールに則って作られるのだそうだ。野菜のもつ本来の味をいかに引き出すかに心を配っておられるかが伝わってきた。

最後に司会の人が「料理とは？」と質問した。辰巳先生は即座に答えた。「無私です」と。何事によらず、「極意」とは、己れを無にすることなのか。

当日の映画「秋刀魚の味」のラストで父親の笠智衆が、嫁いでいった娘の、空き部屋になった二階を暗い廊下の下からじっと見上げて佇む姿に、年老いた父の行く先が見えた、と辰巳さんは言った。

ふと、映画の世界に立ち戻った私は、けんちん汁の具が、大根も人参も蓮根もねぎも豆腐も、この映画の中に小津監督によってキャスティングされたあまたの俳優たちのなつかしい姿となって、鍋の湯気の向うに立ち昇ってくるようだった。

平成二十八（二〇一六）年

年の初めに思うこと

若い頃、と言っても、もう五十年以上前の話になってしまうのだが、年越しそば、なんて細く長くとか、ケチくさいこと、どうせなら太く長くの方がいいと、わが師小津安二郎先生と大晦日には毎年、南千住の「尾花」といううなぎ屋へ行くのが通例になっていた。

しかし今では地元のそば屋さんへ行くのさえ面倒くさくなって、昨年の暮れには自宅に出前のそばをとるというお手軽さ。「鎌倉朝日」の編集長K女史と「鎌倉で映画を見る会」のFさんに声を掛けて、ささやかに年越しそばを食べた。気心のしれた仲間うちと一緒で、それはそれで愉しい集いだった。

それにしても年が改まってからの暖かさは何だろう。朝起きて窓を明けての外気が心地よい程の、三月の末ぐらいの暖かさだ。歳をとると暖かいのはそれだけで有難いが、あまりにも異常で、先々が気がかりだ。

去年の日本列島は、火山の活動をはじめ、季節はずれの長雨、洪水などの自然災害があり過ぎた。素人考えでも何かもっと大きな災害がくるのでは、という不安を感じている人が多いのではないか。3・11の大被害がまだまだ記憶に新しいせいもあるが、情報が多すぎる現代社会のせいもあると思う。全世界の動きが即時に手に入る時代だ。

なんでも知れる、なんでも手に入る、そんな時代がはたして便利で、幸せな時代なのだろうか。

世の中の価値感なんて、案外簡単に変ってしまうものかもしれない。

冬木立

前にも書いたかもしれないが、わが家の二階の窓越しに一本、桜の木がある。もう二十年以上前だが、隣りの家の玄関先に、細い若木を植えさせて貰って、いつの日か百花繚乱の桜花をひとり占めせんとの野望を抱いていた。五、六年前から漸く人様にお目にかけられるようになり、毎年四月はじめの某日を選んで、私が青春時代の殆どをそこで過した会社のはるかなる後輩たち十数名に花見と称して遊びに来て貰うのが無上の楽しみになっている。

その桜も、今は葉すら一枚もない細い枯枝が寒空にヒョロヒョロと、所在なげに立っているだけだ。昨日ふと眼をやるとその細枝に雀が十四、五羽、どこからか一団となって飛んで来て止った。枯枝と同じように薄茶色なので、枝がふくらんだように見えたが、まぎれもなく雀だ。寒い時に羽の中に空気を入れて膨らんでいるように見える雀を俳句の季語で〝ふくら雀〟というそうだが、その時の雀の姿は、まさにふくら雀そのもので、丸っこくぽっちゃりしていて、無風流な言い方をすれば、いかにもうまそうな感じがした。

　大分前だがお隣の家で巣箱をこしらえて庭に置いていた時期があり、その頃は小鳥がたくさん寄って来ていた。そういうことが、未だに小鳥の通いやすい道筋にでもなっているのか、とに角雀に限らず、小鳥はよく近所に集ってくる。桜の咲く頃には、よく鶯の声も聞く。家の建てこんだ町なかでしかも突然ホーホケキョの美しい鳴き声を耳にすると、いきなり思いがけない事に出会ったような不思議な感覚に囚われるものだ。

届かぬ声

鶴岡八幡宮の境内にある県立近代美術館鎌倉館の存続が、鎌倉の大きな話題となったことがあった。日本の公立美術館として最も古い歴史をもち、その上、美術館の設計が著名な建築家坂倉準三の手によるもので、日本の近代建築二十選に選ばれる程の名品だ。今年で契約が切れる県は手を引き、鎌倉市も手を上げないという現状で、土地所有者の八幡宮の手に委ねられることになった。

鎌倉の市民たちからは、鎌倉の文化を護るという観点からも、又美術館自体の文化財としての価値からも、美術館として存続を願ったようだったが、むつかしいようだ。

そんな中、短篇ドキュメントの上映で、「鎌倉の近代美術館の灯を消さないで」というちらしを見た。老年に近い女性がひとり、美術館の前の路上で、美術館の過去の展覧会のポスターを数十枚広げて並べ、美術館の長い年月の実績と展示内容の豊かさを静かに訴えている姿を見た。

もう北風が冷たい季節だった。折角並べたポスターを風が容赦なく巻き散らしていった。女性は丹念に一枚一枚拾い集めては又並べていた。通りがかりの女性が見かねて手を貸してくれた。守衛のような人が来て、片付けるよう促した。女性は黙ったまま自分の行動を続けていた。

私は眼頭が熱くなった。何十人の市民運動よりも、このたったひとりの訴えの方がはるかに強いと感じた。所詮は叶わぬ願いと知っているのだろう。でもしかし、これがほんとうの市民の心なのだと、寒空に必死に言い続けていた。

御柱祭《おんばしらまつり》

信濃の国一之宮諏訪大社は、諏訪湖を挟んで南と北に向い合うように上社前宮と本宮、下社春宮と秋宮と四つの社《やしろ》があり、多くの神事がある。中で七年に一度、寅《とら》年と申《さる》年に行われる御柱祭は、伝統と規模の大きさで全国に知られるお祭りだ。本年平成二十八（二〇一六）年は申年でその年に当る。

毎年行われている小津安二郎記念・蓼科高原映画祭の関連で、地元茅野市の知り合いから招かれ、四月二、三、四と三日間、初めて御柱祭に参加することが出来た。

「山出し」、「里曳き」という祭りの行事が町の中で行われる茅野市は、町中が活気に溢れていた。祭提灯や幟りが通りを飾り、赤や黄色の半てんを着た若者たちが四、五十人大きな群をつくって歩いている。派手な原色の色合いも、華やいだ町の空気とマッチして美しい。

祭りのハイライトは「木落《おと》し」だ。十メートル近い長さの柱に巨大な角《ツノ》のようなメドデコをつけ、数十人の若者たちが鈴なりに跨り、木遣りの声と突撃ラッパの音が空高く響き渡る。誠に壮観だ。まかり間違えばケガ人も出かねないようなパフォーマンスだが、氏子たちはこの一瞬にすべてを賭ける気持ではないか。この土地に住む人々はこの祭りに六年間の無事幸せを願っているのだろう。今この町には諏訪大社の神が降り立っている。そんな思いを町の人たちは皆持っているに違いない。

国はいま、日本の地方創生を願っているようだ。中央集権化が進み、地方の活性化が急務だ。私は御柱祭に行って、地域それぞれの持つ力のようなものを感じた。中央で大きな旗を振らなくたって、地域独自の持つ力を信じて温かく見守っていればいいのではないだろうか、そんな気がした。

相撲談義

相撲人気は、一向に衰える気配を見せない。今年一月の初場所で七年ぶりに日本人力士琴奨菊が優勝したことで、一気に持ち直した感がある。

日本の国技という相撲で日本人が優勝したと大騒ぎになるというのも、何とも妙な、くすぐったいような気がするが、事実この間は、モンゴル出身の力士に相撲界は完全に占領されていたのだから仕方がない。所詮は勝負の世界だから勝たなければ話にならない。

今日は夏場所の七日目(五月十四日)だが、今場所気になることが一つある。立ち合いの手つきに審判部が目を光らせていること。両手がしっかり土俵に付かないと立ち上がってからでも待ったをかける。ルールだからと言えば文句も言えないが、力士は立ち合いの一瞬に勝負のすべてを賭けているのだから気が抜けてしまうのもよく解る。この所連日一番や二番は見かける。

　世の中すべて、あまり規則が優先すると、堅苦しくて面白みが失せる。時間前からきちんと両手を土俵につけて立つ力士も何人かはいて、見物する側は気持がいい。相撲というものは、勝負と同時に形式美を重んずる所に国技としての意味合いがあるのだから、力士がストップをかけられて、訳がわからず立ちすくんでいる姿は美しくない。

　美しくないと言えば、力士の頂点に立つ横綱のひとりが勝負がついた後のダメ押しを非難されている。人間の品性というものはひょんな時に顔を出すものだが、自分よりはるかに弱い相手にあの仕草は、一瞬その時、横綱の人相が悪相に見える。

歩くこと

思えば四年前、脳梗塞で倒れてから、私は唯一途に、元通り「歩きたい」の一念で過ごしてきたように思う。

百日を越す入院生活中は、言うまでもなく毎日リハビリテーションの先生がつきっきりで歩く練習をさせられた。かなりきつい先生で音をあげそうな時もあったが、歳の割にはよくがんばると先生に褒められた。旧制中学の頃の部活で結構鍛えられたせいもあってか耐えることには馴れていた。退院後は六地蔵近くのリハスタジオ鎌倉由比ガ浜という適所介護施設に週二日通い、その他にも訪問看護で歩行練習を週一回とかなり頑張ってきたつもりだが、体力維持の容易ではないことを痛感している。

当り前かもしれないが、私の年齢ではなるべく閑な時間を使って家の周囲を歩いたりはしているが、時間と共に足腰の筋肉が弱まって行く。若い友人たちが手を貸してくれるとつい甘えて車椅子を使ったりすると、有難いのだが、益々横着になってしまう。要するに本人の気持、心掛け次第ということである。長生きしたいというより、生きている間は健康でいたいと思うのが本音だ。

幸い、狭いながらも持家があり、老妻とふたりで生活している。余生がどの位あるか、それればかりは神のみぞ知るでどうしようもないが、ステッキ片手に鎌倉の町中をぶらりと歩いて、おでん屋ののれんをくぐって安酒一杯呑めるような歩きが出来るようになりたいというのが、舛添なみのセコイ願いである。

変らぬ味

東京南千住に、昔からのうなぎの名店「尾花」という店がある。七月の始め、五十数年ぶりでその店に行った。

昭和三十（一九五五）年の半ば頃だったと思う。その頃、映画の仕事をしていた私は、小津安二郎監督の作品にずっと関わっていて、日常的にも小津先生と行動を共にすることが多かった。先生は今でいうグルメで、おいしいものを食べるのには目がなかった。先生は毎年年末大晦日にはうなぎを食べるのが流儀だった。細く永くと年越しそばなどけちくさい、太く永く生きようというのである。新橋あたりで、いつもお供する撮影スタッフ六、七人で集合して電車で南千住まで行く。大晦日だから、お店はそう混んではいなかった。酒好きの先生中心に、白焼、蒲焼など大いに盛り上って、帰りはぶらぶら歩いて浅草の観音さまへお詣りをしたものである。小津先生が亡くなってから五十数年、遠い昔の思い出だ。

店構えは変っていないように思ったが、内装は変っていた。変らないのは、味だ。ふんわりとした柔らかな焼き上りは、一口食べただけで、五十数年の時間が一挙に蘇った。機嫌のいい小津先生の笑顔と、仲間たちの顔も浮んだ。

開店の十一時半に行ったが、既に店内は満席、白地に大きく尾花と書いたのれんの表には三十人位の人が列をつくっていた。現代は列をつくって待つことは当り前のことで、文句を言う人はいない。何年たっても〝おいしいもの〟は変らず、そこにあった。

藤沢

天皇のビデオメッセージ

去る八月八日午後三時、天皇陛下のお言葉がビデオメッセージという形で放送された。天皇が直接全国民に向けて、心に抱いておられるお気持を語られるということは初めてのことのように思う。

勿論これまでも、阪神淡路大震災や東日本大震災などの大きな災害に際しても、その都度お見舞のお言葉を頂いているが、今回のお言葉は、全く別の、陛下がご自身の率直なお心持ちを述べられたという点で誠に画期的なご発言だった。御自ら皇室のあるべき姿についてお考えを述べられるということなど、私どもの世代にとっては思い及ぶべくもないことだった。

戦争、しかも敗戦という日本の国家としての大変革を経て、皇室がいかにあるべきか、国の政治が第一に考えねばならぬことを、恐れ多くも、天皇御自身が真先に問題提起されたことは、何という勇気あるお言葉か、私はその時、身動き出来ぬ程の感銘を受けた。

生前退位とかの問題は別にして、人がどう生きるべきか、人間の出所進退というものがどうあるべきなのか、国民一人ひとりが考えねばならぬ問題を、恐れ多くも〝かみごいちにん〟が自ら示されたのだ。公務御多端は、申し上げるまでもないこと、陛下のお言葉にある、「国民に寄り添う」というお気持にそのすべてが現れている。

私の父など、生涯天皇を「天子様」とお呼びしていた。時代は変って行く。広い公民館の板の間に、じかに膝をおつきになって、被災者の老人と言葉を交わされる天皇、皇后がおられる国を、私たちは大切にしなければならない。

美しい心

九月十日に蓼沼誠一さんが亡くなられた。蓼沼さんはご承知の通り画家である。今、目の前に蓼沼さんが画かれた絵はがきがある。お好きな場所だったのであろう衣張山からの鎌倉の海の遠望、はるかに江の島が見える眺めだ。

春、衣張山は桜満開である。いかにも暖かな、観光客などいない、のどかな鎌倉が絵の中から浮んでくる。蓼沼さんは、まさにそんな方だった。

　私が鎌倉文学館の館長だった時、お願いして理事になって頂いてからのお付き合いだからもう二十年近くなる。誠実で折目正しく、理事会には休まず出ていらっしゃり、控目ながら、きちんと持論を述べておられた。

蓼沼さんは又、一流の料理人で、男の料理教室を開いて、鎌倉の暇な(?)旦那衆に料理の手ほどきをするというような粋な面もある人だった。

思うに、蓼沼さんという人は、常に他人《ひと》のために、ということを考えて生きておられた方だったのではないだろうか。

よく写生旅行に行かれるが、その帰り私の家に一寸寄って、新鮮な野菜を下さったり、私の家内が生花を好きと知って高原の小さな草花を手折って持ってきて下さるそんな心づかい、余程のあたたかい、やさしい心をお持ちの方でなければ出来ることではない。勿論そんなことよりもっと大きな仕事を、鎌倉という地に残されたことは言うまでもないが、私には、あの可憐な草花ごしに見える蓼沼さんのやさしい笑顔が、忘れられない――。

鎌倉の秋

〝色鳥《いろどり》〟という俳句の季語がある。
秋渡って来る小鳥たちの中の美しい色の小鳥を指して言うことばだろうが、特に羽色そのものを言うよりも、色とりどりの美しい小鳥の総称という意味だろうと思う。

このところ、おきて窓を開けると、きれいな小鳥のさえずりが数多く飛び交っているのを聞く。聞き分ける耳を持っていない素人にとっては、どれだけの種類の小鳥たちが集まっているのかわからないが、いかにも秋を感じさせる心地よい響きだ。欲を言えば、背景が晴れ渡った秋空であったら、もっと済んだ音色に聴けたのにと残念だ。

そう言えば、今年の秋は九月から何となく長雨の印象しかない。残暑らしい暑さはなく、長雨の間にゲリラ的な猛暑が十月に入る頃まであり、とにかく季節感など全く感じられない誠に行儀の悪い気候であった。

私は、一年の間で十月が一番好きだ。最近の鎌倉は、春夏秋冬お構いなしに観光客が溢れる街だから、街中の人出はどうしようもないが、ちょっと横道へ外れたりすれば、街音も消えて、しっとりと物静かな町筋もあり、十月の爽やかな空気が流れて、鎌倉の良さを感じることが出来る。鎌倉らしい美しい外塀に囲まれたお屋敷、小路の佇まいは、時代と共に随分少なくはなったが、鎌倉のもつ本来の姿はまだ随所に残されている。

鎌倉の良さは何なのか、何処なのか、町の持つ本来の姿を知り、それを大事に守っていくにはどうあるべきか、行政の力など待っていたら大変なことになる。市民の、ここに住む人みんなの大きな宿題ではないだろうか。

車両進入禁止

十二月十二日

十二月という月は、私にとっては一年の終りという以上に、気ぜわしい月である。言うまでもなく、十二月十二日は小津安二郎監督の誕生日であり命日であるからだ。

御存知の方も多いと思うが、小津先生は、満六十歳の還暦の日に亡くなられた。昭和三十八年、一九六三年である。今から五十三年も前である。私達残された者は、以後その日に「小津会」と称して、鎌倉の円覚寺の本山の墓所へお詣りをしてから北鎌倉の鉢の木という店で会食をするのが決まりとなっている。東京のホテルでの会を何回か節目の年に行ったことはあったが、それ以外は、もう五十年近く変っていない。

もっとも来るメンバーは年々歳々変ってゆく。当初は小津組の撮影スタッフが中心だったが、今では私を含めて三人になった。小津家のご親戚の方や生前先生にお世話になった方々などまだまだ沢山いらっしゃるが、それも年と共に減って行くのは仕方のないことだろう。

鎌倉に住む若い映画好きの青年が数年前から「みんなの小津会」という集りを立ち上げ、どなたでも小津監督を敬愛する人、ファンを集めていて四、五十人位の人が毎年小津先生のお墓詣りや映画会などを行っている。

小津映画の独特の味わいを忘れられない映画愛好者は一向に減らない。映画の力というものは、決して一過性のものではない。ということは、私たち映画に関わりをもって生きてきた者には、涙が出る程嬉しい、有難いことなのだ。

平成二十九（二〇一七）年

今年の冬

昨年十二月の十日頃か、目の前の桜の木の最後まで残っていた数枚の枯葉が落ちて、丸はだかの冬の桜になった。オー・ヘンリーの短篇小説ではないけれど、それはそれで、ハッとする瞬間だった覚えがある。

今年の冬は、かなり冷え込みが強い。年末の二十六日に急に大船中央病院へ入院することになった。「脱力感」というのが病名である。

入院した日、私は家の自分のベッドに腰かけていてすべり落ち、前の洋服箪笥との間に腰が挟まり動けなくなった。カミさんの力ではどう引っ張っても抜けない。老夫婦だけの家庭では助っ人もなく、夜のことでもあって救急車の御厄介となり、従って入院という誠にカッコ悪いこととなり、かくて九十年の生涯初の病院での年越しと相成った次第。

前にも書いた気がするが、この病院の窓からみる芸術館と女子大の建物の眺めは、さすが大船のカルチャーセンターと銘打っただけあって、落ち着いた品のいい街の空気があって、入院生活の宝であると思ったものだ。九時消灯の音のない暗い味気ない夜があって、いつのまにか平成二十八（二〇一六）年が終り、洒落っ気のない二〇一七年が始まっている。松の内が終って、退院した時には、もう新しい年の普通の時間が流れていた。

そしてこの数年にないような寒い冬がやって来た。北海道・東北の大雪も気になるが、地球の気象がこれからどうなっていくのだろう……そんなことが妙に気にかかる、肌寒い今日この頃である。

品行と品性

品行は直せるが、品性は直らない。映画監督の小津安二郎先生はよくそう言われた。

ことばの綾として何となく解るが、意味は深い。

昭和の前半、つまり私の小、中学生ぐらいの頃、よく品行方正という言葉を学校の先生から聞いたような気がする。旧制の大学予科に通っていた頃、私の降りる駅の隣駅に法政大学の予科があり、よく通学電車の中でバカ話を交していたが、「法政大学という名の割に品行方正（法政）の人が少ないようだね」と下らぬ駄洒落を言っていた事を何故かふっと思い出した。

そんな事より、品性とは一体どういう事を指しているのだろう。人間が生れながらに持っているもの、では面白くもなんともない、生きてる中で作りあげてきたものでなければ有難くない筈。察するに生き方次第で、人間の品位というものは決まるのではないか。地位、財産を目指して一生懸命日夜努力する人は多くいるが、果してそれが人間そのものを高める事になっているかどうか、むしろ空しい人生である場合もないとは言えまい。

私は長い人生で多くの人達と出会ってきた。しかし、その中でこの人こそ見習うべきと心から思える人は残念ながらそう多くはない。それでも時に何かテレパシーのようなものを感じる人に出会う事がある。恥かしながら、そんな時は、まるで恋人に会ったかのように嬉しい。どうしたら、そういうものが身につくように生きられるのか、会っているだけで、何かやさしい、暖かなものが伝わってくる。大袈裟に言えば、不思議な空気のようなものに包まれているような安堵を覚えるのだ。幸せ感とでも言うのだろうか——そんなバカみたいなことが時として頭をよぎる。

小津先生のことを冒頭に書いたが、小津先生は映画の中で人間の行動だけでないもっと奥深いものを描こうとしておられたのだろうと、おそまきながら今頃ふと感じる。

極楽寺駅

日本の春

暦の上からでも三月と言うと〝春〟を感じるものだが、どっこい、簡単にはそうはいかない。今年も正にそうである。二、三日ばかに暖かな日があったが、三月十日を過ぎてから寒さが逆戻りしてきた。三寒四温というような古い言葉が言われたりしたが、実状は四温の方がなかなか顔を見せず、関東でも時折雪がちらつくような日が何日かあった。気持も体も一端緩んでしまうと、なかなか逆戻り出来ないもので、余計に寒さを感じる。

就中《なかんずく》三月十五日の日の寒さはこたえた。日課のように家の前の私道を歩くことにしているが、この日だけはあまりの風の冷たさに予定の半分で退散した。

それにしても、総体に日本の気候はどうなっているのか、四季の移り変りの何とも言えない〝いい日和〟というのが無くなってしまいそうで寂しい。暑い寒いしか表現することばがいらないのでは、この美しい自然をもつ日本という国が勿体ない。俳句歳時記を持ち出すまでもなく、日本語の微妙なニュアンスをもった詞《ことば》が数えきれない程ある筈だ。日本語の美しさこそ、日本の国土の美しさに他ならないと思う。

今の日本は、残念ながら、美しいものが社会、文化から消えていっているように思えてならない。今の日本に、或るいはこれからの日本で美しいものを求めるなら、スポーツの世界ではないだろうか。若いアスリート達がそれぞれの道で、一途に己のなしうる事を追い続けて精進する姿、枚挙に暇《いとま》がないが、その若さ溢れる姿こそ、美しいものに違いない。徒《いたず》らに、金メダルを目指すだけの姿は、美しくないが。

理不尽

千葉県我孫子市で、ベトナム国籍の小学三年生リンちゃんが誘拐された事件で、事件後三週間、ようやく容疑者が逮捕された。

こんな結末を誰が予測しよう。リンちゃんの通っていた小学校の保護者会の会長だと言う。いつも自宅から学校まで徒歩で通学しているリンちゃんたちを通学路上に立って見守っていた男だった。

誰を信用すればいいのか、親兄妹の身内は言うに及ばず、学校関係者と言えば、それに次いで信用できる人達ではないか。こんな危険な社会が、東京の近隣にあるのかと言葉に絶する。孟子の性善説を持ち出す迄もなく、人間本来の根元的な性格を善と考えてよいのかとさえ思えて心が凍る。

私はこの頃家の者によく言っている。「電話で商品の売りこみをするようなケースには応待してはいけない。殆ど悪い詐欺話だと思え」と言い聞かせている。何ともいやな気持である。

私は人間社会は、原則、人を信ずることから始まると思って生きてきた。それで万が一騙されても諦めはつく。そうでなければ、新しい人間同士の信頼関係は生まれない。信じ合う、その心地よさこそ、生きている喜びだ。

「騙すより騙されろ」十代の頃、父によく言われた言葉だ。私はこの単純な言葉に、生きる上の本当の信実があると未だに心の底に秘めている。

リンちゃんのこの悲しい事件は、私のささやかな生きる糧を踏み躙《にじ》られたような気がしてならないのである。

結果よければ……

口は禍《わざわい》の元、という古くからの言葉がある。諺と言ってもよいかもしれない。要は、おしゃべりの戒めであろう。

去年の秋、例年の鎌倉芸術祭の中井貴恵さんの音語りの時に、小津映画のシナリオの朗読を今まで五作品やって来てもう最後にするつもりだったのに、うっかりもう一本考えてみようかと口を滑らせてしまい、お客様の前でもあり、やらざるをえない所に追い込まれてしまった。正直、心のどこかに「麦秋」という名作をまだやっていない事が引っかかっていたのかもしれない。

年歳の話はしたくないが、年々思考力の衰えが増して来ていた。頭の中で考えているこことが中々まとまらない。寒いから暖かくなったらやるよ、と言っているうちに桜の花が咲き、散ってしまった。四月に入ってからやっと机に向った。

「晩春」「秋日和」「東京物語」「お早よう」「秋刀魚の味」と一年に一本ずつ、平成二十二（二〇一〇）年から鎌倉の円覚寺の本堂で貴恵さんに読んでもらった。小津先生が心血を注がれたシナリオを勝手に改変したことの畏れに苛《さいな》まれつつ、しかも小津先生の墓所のある円覚寺でという非礼をも生涯心の底に秘めての仕事であった。わずかに救いと言えば、中井貴恵さんは幼時から小津先生の愛を深く受けていた人という点であろうか。

数日前やっとその仕事を終えた。口の禍を福となすことが出来るかどうか、後は才能溢れる中井貴恵さんの腕に託すのみである。

道づれ

鎌倉という土地に住んで九十年を越した。その間、昭和二十三（一九四八）年結婚した直後、四年間だけお隣りの逗子で新婚生活を送ったが、それ以外は鎌倉を離れたことはない。

生れた場所を含めて六カ所住所は変っている。一歳半の時、父が初めて自分の家をもった西御門という所が、私の記憶の始まりである。今私が書いているこの短文のタイトルにある〝谷戸〟という名が正にぴったりの、山襞の間に細く深く家が連なった集落で、周囲は殆ど畑地だった。父が建てた家は、その辺りでは人目を引く大きな洋館で、今日《こんにち》でも西御門サローネという貸ホールとして健在である。

私は五人兄姉の末っ子だが、小学校三年ぐらいの時兄たちの通学の利便性を考えて鎌倉駅に近い雪ノ下に越した。直後、父が腸チフスで長期入院という事態になり、縁起をかついで又、小町通りの真ん中辺《あたり》に移った。小説家だった父は、仕事場は東京にあって鎌倉へはたまに帰ってくるというのに、何故こんなに引越しばかりするのかと子供心にも不思議に思ったが、新しい家に変るということは子供には楽しいことだったのかもしれない。

その頃には長兄、次兄と順次社会人となり、そして軍隊に入っていった。姉も結婚し、その連れ合いも医師であったが戦争に行った。一家の人数も減って、又駅の西口に近い町名は同じ小町（現・御成町）へ引越した。そしてアメリカとの戦争が始まった。

私は長兄も通っていた慶応の予科に進み、二年になった所で赤紙が来た。東京の仕事場を空襲で失った父は、そこで鎌倉の生活に戻った。そして私は、鎌倉の妻の実家の土地を少し分けてもらって、やっと自分の家を持った。以来六十五年、鎌倉の住人になりきっている。

どんなに頑張ってもまさかもう引越しもせず、この地を離れずに、住みなれた
鎌倉を道づれに、ひたすら生きていくということか――。

乱世

この数日の暑さは並みではない。東京の都心と較べると、鎌倉は常に二、三度は低いが、昨日今日はわが家の寒暖計で三十度を指していた。まだ梅雨は明けていないのに、である。

それにしても北九州の豪雨被害は何とも痛ましい。日本の国土は小さいと思い込んでいたのに、北海道では三十四、五度の猛暑、九州は大雨と、考えられないような異常な気象の今年の夏である。

どこかで、何かが、狂っている。

政治の世界も、東洋の小さな国が危険極まりなき玩具《おもちゃ》を見せびらかし、片方の国も新しい大将が何を考えているのやらサッパリわからんという珍しい時代、小さくは将棋の世界に突如天才棋士が登場するとか、よい事も悪いことも何が起っても不思議じゃないという時代である。

又ゾロ急に変って相撲の話。今朝（九月十四日）の新聞をみたら、横綱稀勢の里休場――これで横綱が二人、大関が一人の計三人休場という何とも無慚な番付の状態。有望な若手平幕力士に敗れて即座に引退した力士が居たことなどお忘れかと申し上げたい。

特に稀勢の里は、素人がみても無理と解っている状態で出場を決断、大見得切ってからわずか一週間、何を思っての判断だったのか、小学生でもそのくらいの自己診断は出来る、部屋の親方は何を見ているのか理解に苦しむ。

何とも支離滅裂な拙文でお恥かしき次第だが、日本国民を止《や》める訳にもいかず、好きな相撲を見捨てる訳にもいかぬ、愚かなわが身よ、三十度の高温の故とお許しあれ。

歩くということ

歩く、ということは、人間の行動の原点、基本だと思う。それが出来なくなった。五年程前の脳梗塞以来、歩行が不自由になり、どんどんその思いが強くなっていく。

歳をとってくると尚更歩くということの行動半径が狭くなるからその思いは強まってくる。若い頃のことを脳裏に思い浮かべると、歩いている自分の姿が何故か出てくる。誰と一緒にいたか、どこへ行ったか、行動のすべてが蘇ってくる。私の人生の前半は、殆ど小津先生について動いていたと言っても言いすぎではない。先生は明治の終りのお生れだから足は強かった。未だ自動車など日常の生活にはなかったから当然と言えば当然かもしれない。

ロケハンで、蒲田から歩き出し、ファインダーであちこちポジションを考えながら歩いていたら、いつの間にか新橋まで来ていたという話もある。神経を集中して歩いておられるのだろう。何事によらず集中して、丁寧にというのが、小津先生という人の信実なのかもしれない。

先生の歩き方は、比較的ゆっくりである。急いで速足になるとか、まして走ることはなさらない。日常の街歩きでも、あちこち通りの店をのぞきこんだりしながら、楽しんで歩いている風情である。自然をというか、世の中を愉しんでいるように見える。

然し実はこうした間にも先生の観察眼は休んではいない。常に映画作家としての眼を瞠《みひら》いている。そしてそれが、いつか何処かで、ご自分の作品の中で活かされているのだろう。そんな顔は一切見せず、ひとをからかうような冗談口を叩《たた》いている。

やさしい目をした怖い人だったと、今さらのように思うのである。

往時茫茫

もう五十年以上前のこと——私は映画会社の松竹にいて、映画部門の企画部長という職にあった。そこは所謂プロデューサーが所属して、多い時は十二、三人いた。私の下に次長という立場の人が二人いて、其々《それぞれ》プロデューサーの提出する企画の取りまとめをしていた。

W君とM君（と呼ぶ）、勿論本人も企画を出して作品を担当するが、グループ皆で知恵を出しあっていい企画を考える。当然W君とM君のグループ同士は競争になる。

二人とも優れたプロデューサーだったが資質は正反対だった。W君は温厚でじっくり考えるタイプ、M君は才気煥発で実行力がある。社内では皮肉まじりに「セリーグ」と「パリーグ」と呼んでいた。

映画の企画というのは、監督や脚本家からも提案があるし、社外からの提案があって、企画部本体からの企画を通すというのは至難の業なのである。企画を通すためにはいいキャスティングは欠かせない要素である。プロデューサー全員からの情報を集約して一つの企画にまとめ上げる事もある。それがW、M両君の腕の見せ所でもある。それはまさに戦争で、当然W君とM君との戦いであった。

十年ほどそんな時間が流れたが、やがてW君がステップアップして本部長になった。私は異動してテレビ部門に行った。M君も一足遅れて移ってきた。思えば映画製作が最高に盛り上っていた時だった。私にとっても会社勤めの中で最も生き甲斐のある時だったと懐かしく思い起こすのである。

今年五月、W君が亡くなった。そして九月初旬にM君の訃報が入った。

長い歳月を経て、もはや悲しみは薄れている。W君M君の面差しを今はただ静かに脳裏に思い浮かべるだけである。

秋闌《た》けて

古くから、一年十二ヵ月のうち、小の月のことを、下世話に、「西向く侍」と言っていた。即ち二、四、六、九、十一月を頭の字だけとってこう言ったのであろう。

気にさわる人がおられたら先に謝っておくが、どうも小の月には、他の月にくらべて何となく暗いイメージがある。大の月、とはあまり言わないようだが、正月、三月五月のお節句、七、八月の明るい夏の日差し、十二月のクリスマスと話題性に富んでいるように思えてならない。表裏で言ったら、どうも裏に見える。私自身六月生れでいながら、一年で六月が一番嫌いかもしれない。

家の二階から、真正面に見える桜の樹が、十月を越すと、木の葉の色も褪せパラパラと枝を離れて落ち、スケスケになり、後ろの鈍色の冬空が重くのしかかってくる。寒さはまだ本格的ではないが、こっちの体がまだ慣れていないせいもあって、それより近頃は急に三十度近い夏日になったりする不順な天候もあったりで、とまどう事もままある。

おまけに、世の中は選挙一色で慌ただしい。大体、解散総選挙が総理大臣の専権事項と言うのも不可思議ではないか。全議員の意向ならわかる。総理ひとりの考えで決めるのはおかしい。国民全部が選んだ議員なのだから、今回みたいに総理の恣意と自民党の一番都合のいい時に行うというのは理不盡だ。国民に今一番人気のないのは総理本人ではないだろうか、いくら言っても犬の遠吠えでは何ともならないが……。

世代交替

妻の姪にあたる娘が還暦を迎えた。うちの娘より四つ五つ若く姉妹のように仲がいい。その姪っこの娘がいつのまにか年ごろになり、結婚することになった。

小学生ぐらいの頃から、ちょいちょい顔を出しては鎌倉カスター一個をおみやげに持ってくるような気の利く女の子だった。大学を卒業すると一年間ほど勉強して若い女性憧れの職業キャビンアテンダント（通称ＣＡ）になり三年近く働き、その間に恋人が出来スンナリ結婚という正に理想の人生だが、そのカップルがわれわれ意地の悪い老人から見ても実に爽やかで礼儀も正しい。

男性は広島の出身で親は歯科医、本人も後を継ぐべく親元を離れて東京の病院で研修中とか。やがては広島に帰って家を継ぐだろうという青年。恵まれた環境と言えばそれまでだが、これから社会へ出て揉まれても曲がらず生きていけるような芯の強さもみられる。

少し褒めすぎかもしれないが、感じがいいという点は間違いない。勿論射止めた女性も目が高いというべきか。しかし数日前女性の方から彼が男友達と呑み会があり、約束した時間に帰らず、友達の処へ泊ったと早くも訴えがあった。

昔ならへェーもう痴話喧嘩かいとからかうところだが、ぐっと言葉を呑み込んだ。そんな言葉、今の若い人には通じないに違いない。

そんなことより、今どきの若い者はなどと、うっかり口にするもんじゃない、と自らを戒めたのであった。

平成三十（二〇一八）年

ケーブルテレビの頃

平成二（一九九〇）年、わが国における電波の民間活用が始まり、この鎌倉にもケーブルテレビの会社が生れた。通称ＫＣＴＶ。私は親会社である松竹から派遣されて、そこの社長を務めることになった。未知の事業であるし、会社の基礎もない。全くの一からの出発であった。思えばもう三十年も前のことになる。

今年、新しい年の始まりの某日、そのＫＣＴＶの当時の社員たちが、声をかけあって同窓会を開いた。鎌倉周辺に住む人たちを中心に、社内結婚をして今は東北の仙台にいるご夫婦も顔を見せ、十四、五名の集りになった。その上始まってから次々と人数がふえ、最後には二十三、四人の賑やかなパーティーになった。声を聞いただけで、「ア、誰それ」とすぐ解る顔と、誰だっけ、と聞かないとすぐに思い出せない人もあったが、全員五十歳前後になっていて、アルコールがはいってすぐに打ちとけた。私は涙が出る程嬉しかった。

当時の仕事は、思えば苦労の連続だった。ケーブルテレビと言っても殆どの人に解ってもらえず、肩身の狭い立場だった。ケーブルの敷設のため電柱を借りる交渉も容易でなかった。更に加入して貰うための交渉は一軒一軒頭を下げて廻る。多チャンネルという事自体が解ってもらえない。更に重大なことは資金繰りだ。全市にケーブルを敷設するため初期投資は莫大だ。いい思い出なんかある筈がないのだ。

然し三十年に及ぶ時の流れは、苦しみも洗い流してくれる。苦しかった、辛かったことも、懐しさの中で、ほほえみに変る。後に残ったのは、美しい人と人の交流であった。

親の年齢

かかりつけの医者から入院と言われてベッドのまま運ばれる時、「もうこの家には戻って来ないよ」と自分で言う程頭のはっきりしていた数日後、そのまま病院で息を引き取った父。

長寿とよく言われていたが九十四歳であった。私は来年六月には満で九十三になるが長生きという実感がまるでない。

父が亡くなった時、私は家の近くの焼鳥屋で病院からの知らせを落ち着かない気持で待っていた。父親を亡くすということの重さをどう受けとめるのかわからなかった。

おかげさまで健康でいるからか、時代が変って人間の寿命が長くなったせいか、何れにせよ、世の中は確実に変ってきていると思わざるを得ない。人間の言語が特にそうである。私たちが子供の頃から使っている会話のやりとりと現代の若い人たちの会話の違いは、驚く程変っている。

大袈裟でなく、若い人の話は、半分以上解らない。時代が変るとはどういう事なのか、元号が変ったりすれば誰にもよく解るのだろうが、日常の中では中々その変化を感じとれないものだ。

飛躍するようだが、人間が月にでも住むようになったりすれば、いやでも世界は変ったと感じるだろうが、地域戦争ぐらい起っても、大した変化とは感じない。それだけ人間社会はマンネリ化してしまっているのかもしれない。

東西冷戦時代のように社会の大きな力がぶつかりあっていたりすればまだしも、今は誰と誰が味方なのかわからないような時代だ。それを平和な時代とでも呼ぶのか、私はむしろ曖昧な時代とでも言いたい。

乱世の春

今年の冬は寒かった。朝晩身が縮まるような寒さを感じた日が何日かあった。早くそこから脱出したいとそればかり願っていたが、いつのまにか、一カ月ばかり暦が過ぎて、アッという間に、話題は桜の開花日の予想になっていた。日付までは覚えていないけれど、真っ先は四国の高知で、三、四日遅れて長崎、熊本あたりが名乗りをあげた。

東京は、靖国神社の染井吉野が基準木になっているようで、そこで四、五輪花をつければ東京の開花宣言となるそうである。気象庁の職員であろうか、中年のおじさんが三、四人頭上の桜の枝を見上げながら、もっともらしい顔付きでうなづき合いながら「ただいま開花しました」と宣言するというまことに古式ゆかしい、桜の花が開くという華やかさに相応しくないセレモニーをテレビで見たばかり。自然の営みの何と大らかに、ゆったりと美しいのと較べると、人間社会全体の営みのなんと混乱、猥雑なことと憶わざるを得ない。

森友文書書き換え問題、レスリング栄強化本部長パワハラ事件、大相撲不祥事等々枚挙に遑《いとま》がない程嘘とインチキに満ち満ちているように見えて仕方がない。

特に政治の世界は嘘と誠がからみ合ってどこに真実があるのか、一般の社会の人間には容易に見分けが出来ないから何とも不思議でならない。私たちには関係のない世界などと知らん顔をしていたら、とんでもない程大損を蒙っていると知るべきであろう。

一条の光――パラリンピックの選手たち、就中《なかんずく》、転倒しながら立ち上って銀メダルとなった選手の闘志。頭がさがる。

春の色

花冷え、ということばが、美しくて好きだ。古来花と言えば、桜を指している。今年はいつもより一週間ぐらい早く桜が開花した。そのせいもあってか、満開になってから後も、かなり寒いと感じる日が何日かあった。開いた花が寒さできゅっと引き締るように、花びらの白さが際立ってきれいに見えた。「寒さ暑さも彼岸まで」と言うが、三月の二十日を越した頃から春の気配が近づいてくるが、西の方の各地の開花の知らせがあって、アッというまに咲き揃った。

桜が終って、春の嵐が一荒れすると待っていたかのようにつつじの花が咲く。気象の方は最近乱高下が多いが、自然界は節理正しく動いている。

人間界は、間違いなく高齢化が進んでいるようだ。私自身いつのまにか九十歳を過ぎているが、年齢に対する意識は変っていない。暢気なのかアホウなのか、あと何年ぐらい生きるだろうかとか考えもしない。

平均寿命から見れば、おかげさまで長生きと喜んでいてもいいのかもしれないが、かと言ってこれを有難がってあと何年は生きられるだろうなどと考えるのは不遜である。

死を自然に待ち受けることが出来るように日々を過ごせることがこれからの人生での最高の幸せではないか、いやそれさえも余計な予測などしない方が自然な一生だと思う。

あと一年で父親の亡くなった年齢と同じになる。単なる目安として考えるだけで、父親より長く生きようなどと考えている訳では毛頭ない。

春風に揺れながら、桜の花がゆっくりと地上に舞い散るような人生のラストシーンを望むのは贅沢と言うものか。

光と影

新潟の大桃珠生さん（七歳）の事件は発生から一週間で解決した。殺してから電車の線路に死体を遺棄するという異常な殺人事件の上、至近距離の住人が犯人という、日常性の中にある犯罪という点に現代を感じるのは私ばかりではないかもしれない。

私が今書こうと思っているのは事件の話ではない。人間の心の話である。読売新聞の「編集手帳」という欄のこと。霜の降りる夜、鶴の親はヒナを寒さから守ろうと羽で覆うという。俳人宝井其角《きかく》は娘を亡くしたわが身を鶴に重ねた。

霜の鶴　土にふとんも被されず

珠生さんの親御さんたちのお気持を思うと心が痛い。近所の人たちは、犯人を礼儀正しいおとなしい若者だと言う。それが現代社会のおそろしさではないか。

どちらが表か裏か、エライ議員の先生方が平気でウソをつく世の中だから、世の中すべてが狂っているのかもしれない。

うれしい話もある。アメリカのメジャーリーグに挑戦中の大谷翔平選手の活躍は、日本人全体に喜びと明るい心を沸き立たせてくれている。ビギナーズラックということもあるかもしれないが、何よりも私たちに嬉しいのは大谷選手のからっと明るい人格によるものが大きい。アメリカの野球という大舞台に立って、少しの気おくれもなく、堂々と持てる力を十二分に発揮する日本人の若者がいることが、われわれ日本人にとってどれだけの誇りであるか、新潟の事件への思いが生生しい今、複雑な思いを禁じ得ないのである。

一寸先は闇

今年もはや一年の半分がすぎようとしている。年齢を重ねてくると共に、月日の流れが段々早くなってくるように感じてならない。人生の終点が次第に近くなってくるせいかと思ったりする。

いま梅雨のシーズンの真っ只中だが、この一週間程は晴れの日が続いた。〝つゆのはれま〟というしゃれた日本語があるが、晴間という程降りつづいた訳ではない。

気のせいか、この数年梅雨入りと新聞に出たりすると雨が降らなくなる皮肉な傾向があったが、今年はどうか。今日（六月十七日）からは雨が続くとも言われているが、それと同時に台風の発生のニュースも聞こえてきた。若い頃は台風と言えば秋九月頃のものと決っていたが、最近は六、七月の梅雨の頃に日本列島にやってくるようになった。長雨の続いた挙句だと被害も大きくなるので心配だ。

近年、自然災害が多いのは日本の気象が変ったせいもあるのではないだろうか。冬の間も、日本の国内では殆ど使わない言葉だった三寒四温という言葉が使われるような寒暖の差の激しい日が何日かあった。四季の美しさは気候の変化に支えられていると言ってもよいのだから、外国人も褒めそやす日本の国土の魅力が失われそうで気になって仕方がない。好き嫌いは別にして、暑さ寒さの間の程のよさ、日本の春秋こそ美しい季節として大切な宝だと思う。

ついでに言うべきではないのだけれど、日本列島の火山帯の活動が不安だ。宇宙規模で国土そのものが破壊されてしまうことだって起らないとは誰も断言できはしない。

敵か味方か

平成五（一九九三）年一月、鎌倉ケーブルテレビの広報誌に「谷戸の風」の最初の原稿が掲載された。二十五年前のことだ。毎日の放送番組だけではと、何か読物になる記事を原稿料無しで社長に書かせろという編集スタッフの命令で始まったもの。全部で一五六本は拙著『谷戸の風』と『八十年の散歩』にまとめられている。

そして年を経て平成二十五年改めて「鎌倉朝日」に毎月一回同じタイトルで書かせて頂いている。今回が六十回になった。私も馬齢を重ねてだんだんスタミナ切れの感否めず、されど自らに終止符を打つ勇気もなしで、今も又原稿紙に向って苦悶している次第。と言うのも何か急に書けなくなるような事態が起りはせぬか、そんな無意味な不安がふっと襲って来たりする。「お年よりお若い」というような無責任なお世辞に惑うことなく、自然体にしていればいいのだ。

しかし、その自然そのものが最近安泰でいられないのは目下最大の関心事であろう。豪雨のもたらす被害の恐ろしさは初めて知った人も多いのではないか。人命が大切なのは言うまでもないが、日常の平穏な生活の場へ突如泥水が流れこんでくるような理不尽に出合った人達の悲しみ、恐怖——他人事とは思えない。

国家は、国民の安寧を守ることが最高最大の責務の筈、飛行機一機でどれだけの治水事業が出来るか、すぐに考えて頂きたい。

処《しょ》暑《しょ》

四十度三分——そんな気温がさり気なく新聞の紙面に踊るようになってから、かれこれ一カ月近くすぎてしまったか。今年の夏の気温の高さは、全く前例がないのではないか。これが今年だけのことなのか、今後日本の気象は次第にこんな風に温暖化して行くのか、余生がそれ程ある訳でもない私などが気にすることでもないのかもしれないが……。

今年は別に特に意図した訳ではないが、午前中何となくテレビをつけて、高校野球をやっているとついそのまま引きこまれてしまい、夕方まで見つづけてしまうような日が何日かあった。若い頃からの野球好きであったから当然と言えば当然かもしれないが、実はゲームそのものの魅力に引きづりこまれてしまったというのが嘘いつわりのない事実である。どことどこの、いつのゲームかまでは明確な記憶が残っていないが、それ以上に多くのゲームで感じた一生懸命さ、熱意のようなものが、私には、勝敗の点数の結果などをはるかに越えて深く心の中に刻みこまれた。高校野球のことを知らなすぎると言われるかもしれない。唯、私は今年のこの暑さの中にスックと立つ若者の雄々しき姿を蒸れ返るような熱い空気のかなたに見たような気がした。

残念なことが一つあった。私の母校につながる神奈川の代表である慶應高校の戦いぶりには注文をつけたい。敗けたのは仕方がない。然し一、二回に大量点を失った後のチームから、私は残念ながらふき出る若者たちの意気を感じることが出来なかった。あなたは慶應義塾の三色旗を背負って戦ってはいたが、西神奈川の代表として県民の期待を背負っていたことまで忘れずに、死にものぐるいで戦ってくれたでしょうか。一老先輩の老いぼれ口の戯れ言と、お忘れあれ。

われら昭和世代

私は大正十四（一九二五）年の生まれ。大正十五年は昭和元年であるから昭和の年代と私の生年月日は全く同じである。昭和の年代は従って非常にわかりやすかった。

生まれたばかりの一歳の時に父が初めて自分の家を鎌倉・西御門に建てた。洋風建築の大きな家で、その頃の西御門辺りでは目立つ豪邸だった。私はそこから二階堂の第二小学校へ通った。

西御門は鎌倉特有の谷戸で、谷戸の入り口の左側には鎌倉師範学校の大きな炊事場があって、朝早くから賑やかだった。その炊事場の前を左へ生垣が両側にある人ひとりやっとすれ違えるようなせまい道が真っすぐのびて東御門の荏柄天神の前へ出る。そこを更に真っすぐ鎌倉宮の参道を通り越すと第二小学校に出る。

因みにその狭い生垣の道の途中に村松梢風さんの家があった。社会人になってから一度お伺いしたことがあったが、その生垣の小道がひどくなつかしく感じたことを覚えている。

小学校の記憶は殆どない。三年の時、鎌倉に三番目の小学校が出来た。今の御成小学校である。第一小学校と第二小学校から生徒が別れて御成小学校の方に移って行った。第一小学校と御成小学校は場所的に鎌倉の中心の近くにあり、何となくわが第二小学校は鎌倉のはずれの方にあるような気がして、何だか疎外されているようなわびしさがあった。

来年になると平成の世も終わり、新しい年号の世になる。

次第に私の昭和が歴史のかなたへ行ってしまうような寂しさがヒタヒタと迫ってくる——。

麻雀談義

扇ヶ谷の谷戸の一つ、浄光明寺のある谷戸、寺の手前、隣り合っていた里見弴の家、即ち私の父の住んでいた所である。私の家から歩いて十分そこその距離だった。麻雀の面子《メンツ》に呼び出されて、暗い夜道を通ったものだ。

毎日新聞の山口さん、読売新聞の山村さん、それと松竹の演劇の竹崎さん、三人仲もよく皆さん私より年上だったが、私を含めて三人は姓に「山」がつくので「さんざん」そして一人は「竹」で、「三山一竹《さんざんいっちく》」と名づけられていた。

家の中の片付けや整理仕事などにもかり出されるような親しい父の子分たちでもあった。言わずもがな、皆さん麻雀好きは人並み以上だった。父はそういう気のおけない仲間みたいな人間関係が好きだった。反対に周りからはその懐の深さみたいな処が愛されたのだと思う。

麻雀グループも次第に人がふえて四回に一回ぐらい「ポンクラブ」と称して十五、六人集って大会をやったりした。

もうひとり忘れられない人がいた。作家の久生十蘭《ひさおじゅうらん》さんだ。里見弴のかくれファンのようで、いつ親しくなったのか、いつのまにか麻雀メンバーの有力な一人となって、里見家から流れて久生家で朝までやったりした事もあった。おだやかなやわらかい人柄だった。麻雀は残念ながら無類に弱く、いつでも財布の紐をゆるめていた。だから好かれる。そんなレベルをはるかに突きぬけた立派な人だった。どうしても忘れられない。

勝負事をすると人柄が出るとはよく言われる。生れつき勝負ごとの強い人、弱い人はたしかにある、然しそれと勝ち方、負け方は別ものだ。勝っても負けても、その人のうしろ姿は、すっきりと美くしくありたいものだ。

寒空

鎌倉の冬は暖かい。樹木が色づくのは十二月に入ってからだ。その私が生涯決して忘れない寒い冬の日がある——。

昭和三十八(一九六三)年十二月十二日、私は東京で目覚めた。前夜、私はいつものように飲み疲れて、神田明神下の料亭「新開花」で小津組スタッフの親しい仲間Aさん、Sさんと眠れぬ夜を明かし、早朝六時に起きた。

私たち三人にとって親以上の恩を戴いている小津安二郎先生の最後を看取る時であった。先生の入院している御茶ノ水の東京医科歯科大学附属病院までは歩いて十分たらずの距離だ。

早朝の東京の空は澄み渡り、冬の冷気を通して鮮やかなブルー一色であった。数日前から病状は思わしくなかった。今日か明日か、誰もが無言だった。私たちは冷え切った病院の廊下に唯じっとしていた。十二時四十分、その時は来た。ただ涙が流れ落ちるだけだった。

そこから後は、別の時間が流れた。

杉村春子さんが駆けつけてこられた。声をかけるのも憚《はばか》られた。親しい方の誰もが悲しみを心の中に抑えかねていた。

冬の日暮れは早い。暮れなんとする夕日の中を先生の御遺体をお乗せした車が鎌倉へ向った。東京の街はもう闇に包まれていた。私は先生に最後まで付き添って先生の車に乗せて頂いて帰った。

北鎌倉の自宅は、スタッフたち皆の手で明るく照らし出されていた。先生のお宅へ入る小さなトンネルの手前から先生はスタッフの人達に担がれて細い坂道を上ってご自宅へ戻られた。東京からの悲しみと共に。

夜になれば鎌倉と言えどもきびしい寒気だ。庭先に焚火の火が二つ三つ、痛みと苦しみとの病院からお好きなご自宅に帰られた先生のこの一日は、私にとっても忘れえぬ、十二月の「一日」となった。

平成三十一（二〇一九）年

日本の皇室

大正、昭和、平成、三世代を生きてきた、と言うと、随分長生きのように聞こえるけど、大正は一年六ヵ月しかない。大正十四年の生れだから、生れて一年半で年号が変ったので大正生れとは名ばかりだ。私の人生の殆どは昭和である。平成は三十年だから昭和が六十年ちょっととなる。こんなことを書くのも今年新しい年号を迎えるからだ。

昭和から平成に変った時のことは、平成の二字を小脇に抱えた小渕さんばかり印象に残っていて、年号そのものについては特別の記憶はない。然し今回は全く事情が異なるように思う。それは日本の皇室に初めて上皇が生れることだろう。皇室内のことで公務のあり方など知る由もないが、畏れ多きことながら父と子であるということは、お仕事をなさる上で御遠慮のようなこともおありではないかと、言葉は悪いが下衆の勘繰りで、新天皇のお気持を思ってみたりするばかり。しかし日本の新皇室に国民のひとりとして頼もしさを感じるばかりである。

現天皇の御在位中の国民に対するおやさしいお心づかい、同時に思う、皇后のおいたわりのお気持など、両陛下のお心はこの間の国民の皇室への信頼をどれ程深めて頂けたか、この事ほど日本国の国の力を国の内外に示されたことはない。そのことを国民のすべてにお示し頂けた。有難いと申し上げるか、こんなにうれしいことはなかった。

どんな政治より日本は、この国体があってこそと、何度でも心にきざみつけずにいられないと、今私の気持はすっきりと晴れわたっているのである。

春が来た

平成最後の今年の冬は例年以上に寒さのきびしい日が多かった。大寒の前頃がひどかった。例年通りと言えば不思議でもないが、県下でも暖かい地域と言われている鎌倉でさえ朝方の冷えこみは応えた。白いものが舞ったりもした。二月は最も寒い筈なのに、一方では春近しを思わせるところもある。不思議なもので、気持の方が先へ先へと向いていく。

三月という季節にはそれだけ人の気持をなごませるものがあるように思える。二ガツ、四ガツは気のせいか音のひびきにも暗いものがあるが、三ガツと聞くだけで明るい前向きな気分を感じるから不思議だ。二月は特に話題がない月だ。三月もお節句以外は桜が咲くまで華やぐことがなく、四月の方がむしろ花見シーズンとされているようだ。「三月さくら」と語呂がいいせいで大分得をしているように思う。

その春ももう目の前だ。今年は四月から五月にかけて日本は大きな変革を迎える。国民にとってそれをどう迎えればいいのか、平成についで二回目の変革を経て、この国はどういう変化を見せようとしているのか、期待半分と不安半分である。

私が不安なのは、日本の気候である。日本の気候は、こんな大雑把なものではなかった。零度近い日があるかと思うと急に十七、八度の暖かさがくる。体調の方がまごつく始末である。

やっと三月になった。いつの頃からか、父より長く生きたいという思いがあったが、父は九十四歳の二月に亡くなったので、今、ちょうど父の年を越えたところだ。やっと年齢のことが意味をもって感じられる日がきたと変な納得のある日々である。

夢かうつつか、うつつが夢か

三月場所が始まっている。年六場所、隔月だから早い。これまで相撲のことは随分書いたような気がする。

この所しばらく取り上げなかったが、あまりいい話題がないからかもしれない。それで古い話を書くことにした。

記憶が少々怪しい気はするが、お許し願っておく。私にとって最も古い記憶だと思う。

多分七、八歳の頃だと思う。天龍という力士がいた。関脇位の力士で人気はあったのだろう。この力士が相撲協会に反旗を翻して、脱退事件を起こした。天龍に賛同したかなりの数の力士が動いたのだろう、大問題となった。

正確な時期の記憶はないが、私の記憶の中にこの脱退力士の角力を見た記憶があるのだ。

この記憶を信じなければ始まらないのであるが、この幼少の私の記憶の鮮明なことが時を経るにつれ色あせてくるのだ。そのあたりが逆に怪しいと思われそうだが、私の中ではますます現実味をもったイメージとして広がってきている。天龍という力士の立姿、どこかわからないが、国技館でない場所で小屋がけ風の会場など、間違いなく現実なのだ。

手元の資料を調べればすぐわかる事なのだが、年と共に手早い行動が出来なくなってしまっている。私の中では現実であってほしいという思いがつよい。

ふと現代の角界に気持がもどった。貴乃花に天龍の姿がだぶった。いつの時代でも革新の力が動くものなのだろう。天龍の行動も成功はしなかった。しかしこうした動きが時代を変えて行くのかもしれない。

平成よ　さらば

真冬のような寒さが、四月というのに何度もやってきた。気温の急変は、老《おい》の身には応える。

今年の四月は特別な月である。言わずもがな、天皇が退位されるという、日本の歴史にとって初のことが行われるのだから。

平成の時代が終る。四月三十日をもって平成の御代は終り、五月一日から令和の年となる。天皇は御健在のまま退位され、上皇となられる。年号が替わり、皇太子が天皇となられる。新しい時代の幕が明くのである。

我々国民にとってどう気持をもっていけばよいのか。新天皇の誕生をお祝い申し上げるのに、やはり退位された上皇への気持をどう心の中で崇めればいいのか。天皇皇后のこの三十年の長い御心労が容易に頭を去らないのは国民すべての気持ではないだろうか。

被災者と膝をつき合わさんばかりに近寄りお声をかけられる皇后のお姿は、日本のお国柄を何よりも深く国民の心に滲ませて下さったものとして頭を離れないのだ。

大津波や大地震の災害にしても、国民の受けた痛みを正に両陛下が吸いとって下さるかの如き慈しみの御心を忘れ去る人はいないに違いない。勿論次代の天皇にも万世一系、引き継がれることであろう。

令和の時代を我々はどう迎えればよいのだろうか。「平和」の一言ですむような、そんな甘ッチョロイ時代がくるとはとても考えられない。宇宙規模で世界は変るかもしれない。そんな時代にはならないと誰が予言できようか。

あとがき

字が書けたら、文章が書けるか。

社会人になる直前くらいに生来の左利きを必死の努力で直して、やっと右手で書けるようになってから何十年か、どうやら人前で字が書けるようになったのに、七年前、突然の病で半身不随になり、元の木阿弥でまた左手で字を書くようになってしまった。そのための習字のつもりもあって始めたのが「谷戸の風」である。家に居るだけの人生に多少のアクセントがつけばとの思いで、文字通り目的のない目的で「鎌倉朝日」の編集長にお願いして紙面をいただいたのが始まり。あっという間に六年余がたってしまった。

いつのまにか年齢《とし》だけ過ぎて九十数歳になってしまい、このままエンドマークでは可哀想と永い付き合いの友達たちが手を貸してくれたのが、この度の本なのである。皆さんのあたたかい気持にありがとうと御礼を申し上げる以外ことばがない。

頭にふと浮かんだことやら人から聞いた話とか、ネタがどこにあったのかもよくわからない体たらくだが、角力のことなど好きなことはちょいちょい出てくる。わざわざ読んでいただくのは申し訳ない雑文ばかりで恥ずかしいが、バカ正直に生きてきた人間だとわかっていただければ望外の喜びである。

平成の終わる春に

山内静夫

山内静夫　年譜

一八九五（明治二十八）年

映画誕生。フランスのリュミエール兄弟が「シネマトグラフ」を発明し、パリの「グラン・カフェ」において最初の上映をする。

松竹株式会社創業。白井松次郎、大谷竹次郎の双子の兄弟、弱冠十八歳にして京都・新京極の阪井座の仕打（興行主）となる。

一九二五（大正十四）年

六月十三日――父、作家里見弴（本名・山内英夫。有島家に生まれるが祖母の山内家の養子となり山内姓となる）・三十七歳と、母まさ（旧姓山中）・二十七歳の四男として、鎌倉・蔵屋敷（現・御成町）で生まれる。

長姉・夏絵（夭折）、長兄・洋一（大正六年生）、次兄・鉞郎《えつお》（大正七年生）、次姉・瑠璃子（大正八年生）、三兄・湘三（大正十一年生）。

有島家は鹿児島出身の士族で、祖父、有島武は大蔵省出仕。父は四男で、長男は有島武郎、次男は有島生馬。

一九二六（大正十五・昭和元）年　一歳

十二月――里見弴設計による鎌倉・西御門の新居に転居。

小さい頃からスポーツが好きで、近所に父が作った運動場で書生の若者と野球やテニスをして遊んだ。

一九三二（昭和七）年　**七歳**

鎌倉町立第二小学校入学。

一九三四（昭和九）年　**九歳**

兄たちの電車通学のため、鎌倉駅に近い小町（現・雪ノ下）に転居。

一九三五（昭和十）年　**十歳**

この頃、浪曲が好きで母に松竹映画劇場の浪曲大会に連れて行ってもらう。

一九三六（昭和十一）年　**十一歳**

一月十五日――一九二〇（大正九）年に開所した蒲田撮影所が閉鎖され、松竹大船撮影所に全機能を移転する。

一九三八（昭和十三）年　**十三歳**

神奈川県立湘南中学校（現・県立湘南高等学校）に入学。担任（数学担当）の浅沼早苗先生の薫陶を受ける。庭球部に所属し、国体の県大会に出場、決勝まで進む。

一九四二（昭和十七）年　**十七歳**

慶應義塾大学経済学部予科に入学。この頃より映画に親しむ。

一九四四（昭和十九）年　**十九歳**

長兄洋一、戦死。

一九四五（昭和二十）年　**二十歳**

七月一日――入営。茨城県鹿島灘近くの漁村の民家に宿営する。

八月十五日――外出許可により帰宅し、久米正雄宅で借りたスコップを持って帰隊途中、千葉駅で天皇のお言葉を聞く。

一九四七(昭和二十二)年　二十二歳

演劇グループ「鎌倉座」を結成し、芝居に熱中する。顧問は、久保田万太郎、眞船豊、里見弴。戦死の長兄洋一を偲ぶ集いを行い、親戚、友人が東京・後楽園球場で草野球を楽しむ。
慶応義塾大学予科の昭和十六年、十七年入学組の卒業式が春と秋にあり、秋に卒業する。

一九四八(昭和二十三)年　二十三歳

五月六日――渡辺辰雄の長女愛子(23歳)と結婚。三兄湘三と一緒に鶴岡八幡宮神前で結婚式を挙げ、社務所で披露宴を行う。逗子に新居を持つ。
十月――戦前から松竹撮影所の顧問であった久米正雄の世話で、松竹株式会社に入社。大船撮影所製作宣伝課に所属する。

里見弴の還暦を祝う作家仲間の野球大会を後楽園球場で行う。

一九四九(昭和二十四)年　二十四歳

小津安二郎監督「晩春」の宣伝担当に付き、映画製作を一から学ぶ。

一九五〇(昭和二十五)年　二十五歳

映画館「市民座」にて、鎌倉座「無翅鳥《はねなしどり》」(脚本・里見弴)と、鎌倉ペンクラブの文士劇「父帰る」を共催公演。出演する。

一九五一(昭和二十六)年　二十六歳

鎌倉市御成町(現住所)に転居。

一九五二(昭和二十七)年　二十七歳

一月五日――長女シヅ、誕生。
一月十六日――大船撮影所で火事があり本館

事務所が全焼、監督室も焼け落ちる。

五月二日——小津安二郎、千葉県野田市から鎌倉に転居。

企画部企画プロデューサー助手となる。

一九五三（昭和二十八）年　二十八歳

父里見弴、終の棲家となる鎌倉・扇ガ谷に転居。

テレビ放送始まる。二月NHK、八月日本テレビ。

美空ひばり主演「伊豆の踊り子」の企画のため川端康成に会い、初めて製作に名を連ねる。

一九五五（昭和三十）年　三十歳

小津安二郎監督のもと「早春」で初めてプロデューサーを務める。以後、二十八作品の企画制作に携わる。（以下、作品名に◉）

一九五六（昭和三十一）年　三十一歳

魯迅没後二十年祭に招かれた父里見弴、長与善郎夫妻と一カ月に亘り中国各地を旅する。
◉「ここに幸あり・前編」「同・後編」番匠義彰監督　富田恒夫原作。
◉「晴れた日に」大庭秀雄監督　今日出海原作
◉「恐妻一代」萩山輝男監督　北条誠原作

一九五七（昭和三十二）年　三十二歳

◉「東京暮色」小津安二郎監督
◉「青い花の流れ」原研吉監督　船橋誠一原作

一九五八（昭和三十三）年　三十三歳

◉「オンボロ人生」番匠義彰監督　加藤芳郎原作
◉「彼岸花」小津安二郎監督　里見弴原作

一九五九（昭和三十四）年　三十四歳

◉「空かける花嫁」番匠義彰監督　藤沢恒夫原作
◉「橋」番匠義彰監督　大佛次郎原作
◉「お早よう」小津安二郎監督　大佛次郎原作
◉「素晴らしき19歳」番匠義彰監督

父里見弴が文化勲賞を受賞する。

十一月三日――親しかった俳優高橋貞二、交通事故で逝去。大映で「浮草」を撮影中だった小津安二郎はワイシャツ姿のまま駆けつける。

一九六〇（昭和三十五）年　三十五歳

◉「暴れん坊三羽烏」番匠義彰監督
◉「秋日和」小津安二郎監督　里見弴原作

トニー・ザイラー主演「銀嶺の王者」（番匠義彰監督）を細谷辰雄撮影所長と共にプロデュースする。

一九六一（昭和三十六）年　三十六歳

◉「渦」番匠義彰監督　井上靖原作
◉「恋とのれん」番匠義彰監督
◉「ふりむいた花嫁」番匠義彰監督
◉「のれんと花嫁」番匠義彰監督

一九六二（昭和三十七）年　三十七歳

◉「私たちの結婚」篠田正浩監督
◉「山の讃歌・燃える若者たち」篠田正浩監督　有馬頼義原作
◉「秋刀魚の味」小津安二郎監督　遺作
◉「泣いて笑った花嫁」番匠義彰監督

一九六三（昭和三十八）年　三十八歳

◉「花の咲く家」番匠義彰監督　大佛次郎原作
◉「結婚の設計」八木美津雄監督

十二月十二日――小津安二郎、満六十歳の誕生日に逝去。

一九六四（昭和三十九）年　三十九歳

◉「暗殺」篠田正浩監督

八月十七日――仲間の佐田啓二、交通事故で逝去。俳優として一つの転機を迎えていた時であり、独立プロを作る計画を相談しようと話し合っていた。

一九六五（昭和四十）年　四十歳

◉「背後の人」八木美津雄監督　有馬頼義原作

◉「雪国」大庭秀雄監督　川端康成原作

◉「異聞猿飛佐助」篠田正浩監督（霧隠才蔵役で石原慎太郎がゲスト出演）

テレビ部制作課プロデューサーとなる。松竹株式会社役員に就任。時代はテレビ最盛期を迎えようとしていた。

松竹京都撮影所閉鎖。

一九六六（昭和四十一）年　四十一歳

四月――三兄湘三、腎臓病で死去。

一九六七（昭和四十二）年　四十二歳

後楽園球場で行われた「里見弴古希・大佛次郎還暦記念野球試合」で里見チームのベンチで采配を振るう。

一九六八（昭和四十三）年　四十三歳

大船松竹ボーリング場が撮影所正門左側の敷地に開場。

一九六九（昭和四十四）年　四十四歳

映画制作本部企画部次長となる。

八月二十七日――「男はつらいよ」山田洋次監督第一作封切。御前様（笠智衆）のお嬢さん（光本幸子）の婚約者役で1シーンに出演。

一九七一（昭和四十六）**年** **四十六歳**

映画制作本部企画部長となる。

一九七三（昭和四十八）**年** **四十八歳**

二月二十四日――母まさ、交通事故で死去。七十四歳。

一九七七（昭和五十二）**年** **五十二歳**

大船撮影所が松竹本社から分離し、松竹映像株式会社として独立する。

一九七八（昭和五十三）**年** **五十三歳**

取締役就任。

一九八一（昭和五十六）**年** **五十六歳**

六月――大船撮影所西側敷地に松竹ショッピングセンターが完成。イトーヨーカ堂と三越がテナントに入る。

一九八三（昭和五十八）**年** **五十八歳**

一月二十四日――父里見弴、死去。九十四歳。

一九八六（昭和六十一）**年** **六十一歳**

松竹役員を定年。松竹映像株式会社に転任し、再び劇場映画の製作を受け持つ。

一九九〇（平成二）**年** **六十五歳**

故藤本真澄を記念した「藤本賞」を、プロデュースした「利休」（勅使河原宏監督）で受賞する。

TBS放送「鞍馬天狗」プロデュースの折り、大佛次郎より書き下ろし原稿第42話〈月の鞍馬道〉（大瀬康一主演）を手渡される。

一九九一（平成三）**年** **六十六歳**

松竹がケーブルテレビ事業に進出。開局した鎌倉ケーブルテレビ副社長に就任する。

一九九二（平成四）年　六十七歳

（株）鎌倉ケーブルコミュニケーションズ社長に就任。新事業に携わる。

　松竹は大船撮影所内に鎌倉映画塾を開校する。

一九九三（平成五）年　六十八歳

一月――鎌倉ケーブルテレビ番組ガイド誌に「谷戸の風」の連載を開始。

　十月――大船撮影所南側敷地に鎌倉芸術館が開館。

一九九五（平成七）年　七十歳

　十月十日――松竹創立一〇〇年記念事業として鎌倉シネマワールド開所。

一九九七（平成九）年　七十二歳

（社）鎌倉同人会第十二代理事長に就任。後藤俊太郎氏より引き継ぐ。

一九九八（平成十）年　七十三歳

九月――鎌倉市と中国・敦煌市の友好都市提携調印式があり、敦煌へ旅する。

　十二月十五日――鎌倉シネマワールド閉所。

二〇〇〇（平成十二）年　七十五歳

　三月二十四日――鎌倉映画塾が7期で幕を閉じる。

　六月二十六日――大船撮影所お別れセレモニー。

　六月三十日――松竹大船撮影所閉鎖。

二〇〇一（平成十三）年　七十六歳

『谷戸の風』出版（鎌倉ケーブルコミュニケーショ

ンズ刊）

二〇〇二（平成十四）年　**七十七歳**

十月十一日――鎌倉同人会第1回映画上映会開催。〝名画をほりおこす秋の鎌倉〟と題して、横山隆一製作おとぎプロアニメ「ふくすけ」と「秋日和」「天井桟敷の人々」「プラス5万年」を、ゲストに司葉子を招いて上映する。

二〇〇三（平成十五）年　**七十八歳**

小津安二郎生誕一〇〇年、没後四十年記念事業の一環としてニューヨークにて映画祭全作品上映のオープニングに立ち会う。

『松竹大船撮影所覚え書　小津安二郎監督との日々』出版（かまくら春秋社刊）

四月――撮影所跡地に鎌倉女子大学が開校。

二〇〇四（平成十六）年　**七十九歳**

鎌倉文学館々長に就任。

これを機に、小津安二郎作品関連の資料が鎌倉文学館に収蔵される。厚田雄春撮影監督の遺族、小津安二郎監督の遺族小津ハマ、川又昂撮影監督の協力による。

二〇〇五（平成十七）年　**八十歳**

五月三十一日――鎌倉ケーブルコミュニケーションズ取締役を任期満了で退任。顧問に就任。

二〇〇六（平成十八）年　**八十一歳**

（財）鎌倉市芸術文化振興財団理事長に就任。

第一回鎌倉芸術祭を開催。

二〇〇七（平成十九）年　**八十二歳**

九月――鎌倉ケーブルテレビ番組ガイド誌に連

載の「谷戸の風」終了する。
『八十年の散歩』出版（冬花社刊）。

二〇一一（平成二十三）　八十六歳

三月十一日――鎌倉同人会主催の映画会を鎌倉芸術館で開催、ゲストの三国連太郎と対談中に東日本大震災が発生し、会場もかなり揺れる。七〇〇名弱の観客・関係者は冷静に館外に避難。上映会は中止となる。

二〇一二（平成二十四）年　八十七歳

八月一日――銀座路上にて突如、脳梗塞を発症、入院。11月28日退院する。

二〇一三（平成二十五）年　八十八歳

四月一日――「鎌倉朝日」四月号から「谷戸の風」の連載を開始。脳梗塞のため右手が利かず、生来の左利きが幸いし左手で執筆する。

二〇一五（平成二十七）年　九十歳

（一社）鎌倉同人会創立一〇〇周年記念事業を挙行する。理事長を退任。

二〇一九（平成三十一・令和元）年　九十四歳

「鎌倉朝日」に引き続き「谷戸の風」を連載中。

初出――「鎌倉朝日」平成二十五年四月号〜令和元年五月号（各年一月号を除く）

かまくら　谷戸の風

発行日……二〇一九年六月十五日
著者……山内静夫
発行者……本多順子
発行所……株式会社　冬花社
〒二四八－〇〇一三
鎌倉市材木座四－五－六
電話　〇四六七－二三－九九七三
http://www.toukasha.com
印刷・製本……シナノパブリッシングプレス

＊落丁本、乱丁本はお取り替えいたします。

ISBN 978-4-908004-36-0

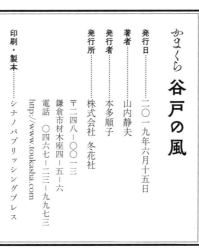

暦の上からでも
ろものだが、どつ
かない。今年も正
に暖かな日があつ